O. M. Graf · Auffassung freibleibend

Oskar Maria Graf

Auffassung freibleibend

und andere Erzählungen

Herausgegeben
von Ulrich Dittmann

Philipp Reclam jun. Stuttgart

Umschlagabbildung:
Federzeichnung von Käthe Hoch
Titelvignette zu »Auffassung freibleibend«, in:
Oskar Maria Graf, *Kalendergeschichten*, Bd. 1:
Geschichten vom Land, Berlin 1929

Universal-Bibliothek Nr. 8974

Gesamtherstellung: Reclam, Ditzingen. Printed in Germany 1994

ISBN 3-15-008974-3

Inhalt

Anhang

Auffassung freibleibend

I

In unseren Gau drang die Kunde von der Revolution anno 18 sehr schnell, denn wir sind kein gottverlassenes Hinterland. Unsere Ortschaften rundherum liegen alle nahe an der Bahnstation und von da aus gelangt man in einer knappen Stunde nach München. Der Postbote bringt Tag für Tag in fast jedes Haus die Zeitung und durch den regen Fremdenverkehr hat sozusagen die Stadt auf das Leben bei uns bereits sehr deutlich abgefärbt.

Dennoch wird mir jeder recht geben müssen, wenn ich sage, daß das Landvolk den damaligen Ereignissen kein Interesse entgegenbrachte. Was hatte sich denn durch sie geändert? Gar nichts. Alles ging bei uns wie immer.

Eins nur rechnete man der Revolution hoch an. Nämlich, daß sie mit dem Krieg ein Ende gemacht hatte und die Feldsoldaten heimbrachte. Das war ein greifbarer Nutzen. Mit schönem ländlichen Gepränge wurden nun in jedem Pfarrort vom Veteranenverein »Kriegerheimkehrfeiern« abgehalten und lustig ging es dabei zu. Mannhafte Reden wurden geschwungen und Freibier und Freiessen gab es.

Währenddessen aber kamen immer wieder neue Botschaften aus der Stadt. Einige Leute, die hineinfuhren, erzählten nach ihrer Rückkunft allerhand ungewohnte Dinge. Beispielsweise, daß da drinnen in München kein Mensch mehr was arbeite. Jeden Tag sei's Feiertag und ewig sähe man große Züge, die mit einem Heidenlärm durch die Straßen zögen.

»Soso«, hieß es dann bei uns, »soso privatisiern teana's, d' Stodterer, und mir soitn eahna 's Fressn liefern? . . *Mir* soitn arbatn, daß sie Gaudi macha kinna.«

29 *teana's:* tun sie.
30 *Stodterer:* Stadtleute.

Alsdann kam die Wahl zum Landtag und zur Nationalversammlung und zum ersten Male tauchten in allen Ortschaften die geschäftigen Leute auf, schlugen grelle Plakate an und hielten Reden in den Wirtschaften. Das war sehr unterhaltlich. Die einen schimpften, die anderen hielten wahre Predigten, aber alle diese Herren lobten die Bauernschaft über alles. Sie hatten darum auch stets großen Beifall und es braucht nicht weiter wunderzunehmen, wenn ihnen von den Anwesenden meistens zugerufen wurde: »Feit si' nix, dei Partei wähln mir oi!« Der Frimmelbacher von Leitelfing jedoch hatte sicher nicht unrecht, als er einmal sagte: »Hm, wennst ös a so härst, wos dö sogn, muaßt an jedn recht gebn, aba i glaab hoit, dö macha's überoi anderst. Dö san oisamm grod wia ma's braucht.« Das war bei uns die allgemeine Ansicht.

Dazumal verteilte noch jede Partei ihre Stimmzettel selber. Ein Stück weißes oder rotes oder grünes Papier war's, drauf stand der jeweilige Kandidatenname, das Kuvert bekam man auch dazu. Die Bauern ließen sich auf den Versammlungen die Dinger ruhig zustecken. Am Tag vor der Wahl brachten entweder die Schulkinder vom Lehrer, der seit ewiger Zeit Gemeindeschreiber war, Stimmzettel heim oder der Mesner und Gemeindediener trug sie in jedes Haus. Die galten und wurden abgegeben. Meistens wenigstens. Freilich einige Siebengescheite wählten nach ihrem eigenen Kopf.

Gut also, die Wahl ging vorüber, jeder Tag hatte wieder das gleiche Gesicht. Urplötzlich aber wurde es anders. Die Zeitungen kamen ein paarmal nicht, endlich erfuhr man von der Ermordung des Ministerpräsidenten und jetzt rasselten ab und zu vollbesetzte Lastautomobile durch die Dörfer. Wilde Gestalten standen droben, alle schwer bewaffnet, mit wehenden roten Fahnen. Sie warfen Flugblätter in die gaffenden Bauern und redeten stoßweise daher von »Revolution in Gefahr« und »Räterepublik« und weiß Gott was noch alles.

9 *Feit si' nix:* Du kannst dich drauf verlassen.
10 *mir oi:* wir alle.

Selbigerzeit kamen einmal zwei ziemlich fremdartig angezogene Männer mit einem noch auffallender gekleideten Weibsbild nach Leitelfing, gingen ziemlich schüchtern durchs Dorf und machten Einkehr beim Konditor Dobler, der auch Kaffee ausschänkte. Dort erkundigten sie sich nach einem Herrn Hausmeister Joseph Wieseder. »Hausmeister Wieseder?« fragte der Dobler, der ziemlich gut hochdeutsch konnte, beflissen und neugierig zugleich und betonte dabei das erste Wort frageartig: »Sie meinen vielleicht den Gärtner Wieseder, aber der ist kein Hausmeister .. Wenigstens ich – ich könnt's nicht sagen ... Aber der Wieseder ist gleich da drüben, sehn Sie, das zweite Haus da hinten im Garten drinnen.« Er deutete mit dem Finger in die Richtung. Der eine von den Männern stand vom Stuhl auf und schaute durch das Auslagenfenster auf das Wiesederhaus. Auf der Straße ging der Häusler Pointner vorbei und gaffte neugierig zum Konditor hinein. Ein wenig verwundert schüttelte er den Kopf über den seltsamen Fremden und trottete weiter.

»Wollen die Herrschaften gewiß wegen Sommerfrische beim Wieseder fragen?« meinte jetzt der Dobler wiederum und maß die drei unvermerkt flüchtig: »Der hat nämlich die Auskunft vom Verschönerungsverein.«

»So, jaja, dann ist's ja richtig«, fiel auf das hin schnell der zweite Mann ein, ein strohblonder, hagerer Mensch von höchstens zwanzig Jahren mit einem blassen, überheblichen Gesicht: »Sagen Sie, Herr Konditormeister, wie ist denn die Villa Stuberbühler zum Wohnen ... Wir möchten uns nämlich dort einmieten.«

»Das Haus vom Oberapotheker Stuberbühler? ... Jaja, jetzt ist's was anderes .. Das hat der Wieseder in Aufsicht, jaja, bei dem kriegen Sie Auskunft und die Schlüssel ... Ja, die Stuberbühlervilla ist sehr schön, sehr schön«, gab der Konditor Auskunft: »Und eine wunderschöne Aussicht haben Sie da .. Das wird so das schönstgelegene Haus sein weit und breit.«

»Und ruhig ist's auch, was?« fragte das junge Weibsbild

und zog ihre merkwürdig verzierte hohe braune Lederkappe vom dichtbehaarten Kopf. Der Dobler wandte sich nach ihr, schnüffelte gleichsam mit seinen Blicken von den breiten Reformsandalen bis zum langgezogenen, geraden Haarscheitel der Fragenden und erwiderte: »Jaja, sehr ruhig ... Liegt ganz in einem Garten, kein Mensch kommt vorbei.«

Die zwei Männer hatten sich inzwischen erhoben und zahlten.

»Gute Kuchen haben Sie. Na, da werden wir ja dicke Kundschaft sein«, sagte der kecke Strohblonde. Alle drei bedankten sich freundlichst über die Auskunft und gingen zum Gärtner Wieseder hinüber. Dort zeigten sie einen Brief des Oberapothekers Stuberbühler aus München und kurz darauf sah man sie mit dem Wieseder durch das Dorf gehen. Aus allen Fenstern lugten die Leute und verfolgten den Trupp mit halb neugierigen, halb mißtrauischen Blikken.

»Meechtn Sie gleich dobleibn?« erkundigte sich der Wieseder, als man die Villa besichtigt hatte. Und fragend schaute er auf die drei, die außer einer braunen Ledermappe gar kein Gepäck hatten.

»Ja natürlich ... Unser Gepäck kommt nach ... Wir müssen sowieso die nächsten Tage mal nach München«, erzählte der Strohblonde in etwas rascher preußischer Art und weil der Wieseder immer noch mißtrauisch zu sein schien, sagte die kunstgewerblich zurechtgemachte Jungfer mit ihrer hellen Stimme: »Sollen wir *Sie* bezahlen oder wollen Sie erst an Herrn Stuberbühler schreiben ... Uns ist's gleich.« »Ja, i' weiß net, wie Sie's ausgmacht habn«, meinte der Gärtnermeister halbwegs hochdeutsch und fragte auf einmal plumpweg: »Sind's die Herrschaften verheirat' oda –« Er brach ab, denn die drei quittierten das mit einem spöttischen Lächeln. »Verheiratet? ... Jaja, das ist mein Mann«, sagte die merkwürdige Madam' und deutete dabei auf den anderen Mann, der sie fast um gut einen Kopf überragte und in seinem dreckigbraunen Russenhemd, der langen Hose und den ausgetretenen, breiten Halbschuhen eher einem Strolch als einem Ehemann glich: »Und der Herr da, der ist ein Freund von uns, ein Kunstmaler.«

»So . . Jano, mit'm Zahln, dös is mir gleich, wie Sie's da machen wollen«, schloß der Wieseder und ging. –

Von da ab hausten die drei seltsamen Fremden in der Stuberbühler-Villa auf ihre Art. Man sah sie sehr selten im Dorf. Nur nachts leuchteten unten in der Stube und im ersten Stock oft sehr lang die Fenster. Dicht verhängt waren sie allesamt. Kein Mensch konnte durchsehen. Öfter kam's vor, daß einer oder alle drei beim Konditor Dobler Kaffee tranken oder Kuchen kauften. Meist blieben sie ziemlich lang im Laden. Nun ja, der Dobler war ja früher allerhand in der Welt herumgekommen und konnte mit so fremden Leuten ganz gut umspringen. Außerdem war er Junggeselle und Bücherleser, lebte mit seiner alten Mutter und mit einer noch ledigen Schwester zusammen, und hatte so seine Sonderbarkeiten. War er grad gut aufgelegt, so ging ihm der Schnabel wie geölt und wenn jemand über Bücher mit ihm ins Gespräch kam, vergaß er schier die Arbeit.

II

Mitte April war es schon geworden. Weiß der Teufel, jetzt kamen aus München jeden Tag sonderbarere Nachrichten. Kein Mensch kannte sich mehr aus. Aber damals zeigte sich deutlich, daß Stadt und Land eben doch mehr zusammenhängen, als der Bauer gemeinhin annehmen will. Ganz langsam wurde es nun auch bei uns heraußen unruhiger und die Gleichgültigkeit den politischen Ereignissen gegenüber hatte sich aufgehört. Jetzt beredete man jede Neuigkeit viel interessierter und in den Wirtschaften gab es manchmal ungewohnt heftige Dispute. Die Meinungen rannten mitunter wie raufende Stiere gegeneinander, derart, daß die Streitenden nicht selten zutiefst verfeindet auseinandergingen. Allerdings, wer genau hinhörte, konnte sich absolut kein Bild machen, für oder gegen wen die Leute waren. Sie schimpften vor allem gegen die Regierung, die nach Bamberg geflüchtet war und dort – wie man sagte – »in der Luft schwebte«. Sowas sei ganz einfach feig und wenn der Herr im Staat keine Macht über das »Gschwerl« mehr habe, sollt' er keinen Herrn machen und sei nicht einmal das Davonjagen wert. Hinwiederum zeterte jeder über die landfremden Schlawiner, die jetzt in München alles durcheinander brächten. Kurzum, ausgeräumt müßte werden, hieß es, Ordnung brauche es machen.

Immer wieder fuhren Lastkraftwagen mit bewaffneten Arbeitern lärmend durch die Dörfer. Vorne, am Verdeck des Lenkers, war eine rote Fahne angebracht, die lustig im Wind wehte. Einmal bemerkte der Aulinger die Madam' von der Stuberbühlervilla auf der Straße vor dem Dorf, wie sie einem solchen Transport zuwinkte. Der Bauer riß gerade den Dünger vom vollbeladenen Wagen und war ziemlich weitab auf seinem Feld. Er lugte auf die Straße. Hm, auch die Arbeiter auf dem Lastkraftwagen winkten der Jungfer johlend zu. »Aha«, brummte der Aulinger für sich und arbeitete schnell wieder weiter, weil das Weibsbild jetzt scheu herumschaute und rasch weiterging.

In den nächsten Tagen hörte man droben auf der Bolzwanger Höhe heftiges Gewehrgeknatter, zwischenhinein auch etliche Kanonenschüsse, die weithin brummten. Auf den Feldern und Äckern hoben die Leute den Kopf, horchten und schauten forschend in die Gegend. »Jetz, moan' i, geht's gor hart auf hart!« schrie der Schlemmer zum Aulingeracker hinüber und der Nachbar meinte: »Jaja, solang macha's scho umananda, bis recht wos Saudumms rauskimmt!«

Als die vom Feld abends ins Dorf kamen, standen der Bader Limml, der Dobler, der Wirt Muggenthaler, Weiber und Kinder und die drei von der Stuberbühler-Villa vor einem Plakat, das an der Feuerwehrhauswand angeheftet worden war. »Sämtliche Bürger haben binnen 12 Stunden jede Art Waffen in der Stadtkommandantur abzuliefern. Wer

4 *Gschwerl:* üble Gesellschaft.

innerhalb dieser Zeit die Waffen nicht abgegeben hat, wird erschossen. München, den 14. April 1919. – R. Egelhofer, Stadtkommandant« stand in fetten Lettern drauf zu lesen. Alles blieb stehen. Niemand wußte, wer das Plakat angemacht hatte.

»Hm, dumms Zeig«, brach der Schlemmer nach einer Weile das Schweigen: »Waff'n? ... Mir kinna doch it a d' Stodt einifahrn und ünsa Arwat, Arwat sei lossn!«

»Dös gilt für üns überhaaps it«, meinte der Aulinger: »Dös geht bloß d' Stodt o.«

»Noja, es werd hoit g'moant sei, ma soit sei Gwehr beim Bürgamoasta o'gebn«, erklärte da der Dobler.

»Jaja, sicher«, sagte da auf einmal der Strohblonde von der Stuberbühler-Villa hinten und alle maßen ihn mißtrauisch.

»Mir teana, wos mir ming!« schnauzte plötzlich der Muggenthaler und hatte im Nu jeden Dörfler auf seiner Seite. Die drei Fremden stutzten schweigend, sagten nichts mehr und gingen weiter. Alles sah ihnen nach.

»Wos san dös jetz für oa ... Dö gfoi'n (gefallen) mir gor it!« brummte der Schlemmer. Keiner wußte was über sie, aber die meisten schauten auf den Dobler mit unguten Augen.

»Woaß der Teifi! ... Künschtla san s' ... Oi drei spinner's a bißl!« gab der Dobler Antwort und zuckte mit der Achsel.

»Dö, moan' i, tat'n scho richti spinna!« schloß der Aulinger und erzählte das von dem Winken der Madam' auf der Straße. Der Schlemmer ging auf einmal mannhaft auf die Wand und riß den Papierfetzen herunter. »So, aus is's, basta!« sagte er, zerknüllte ihn und warf ihn zum Ederer in den Garten.

In Leitelfing war man jetzt schon verärgert. Das wurde noch schlimmer, als in derselben Nacht das Schießen von Bolzwang her näher rückte. Keiner im Dorf fand mehr den rechten Schlaf und als gar in der Frühe aus dieser Gegend her die Lastautos mit Verwundeten und Bewaffneten immer zahlreicher durchs Dunkel daherratterten, flammten in je-

15 *Mir teana, wos mir ming!:* Wir tun, was wir wollen!

dem Haus die Lichter auf, die Leute kamen vor die Türen und liefen auf die Straße. Brummig, mißtrauisch und feindlich standen Gruppen beieinander und redeten schimpfend durcheinander, glotzten wiederum, schwiegen und fingen alsdann, wenn die Straße leer war, erneut gehässig zu fluchen an. Der Morgen dämmerte vollends herauf, an die Stallarbeit machten sich einige, aber im allgemeinen war jeder etwas aus dem Geleise.

Um neun Uhr hielt auf einmal ein solches Lastauto vor dem sperrangelweit offenen Gartengatter vom Bürgermeister Reglinger. Die Rotarmisten sprangen in aller Eile herab und gingen auf die Haustüre zu. Zehn oder zwölf Mann mochten es sein, jeder hatte sein Gewehr lässig unterm Arm und schaute entschlossen drein. Der erste von ihnen griff an die Türklinke und merkte, daß von drinnen zugeriegelt war. Er rüttelte fest. Links vom Reglinger, auf einer kleinen, buckligen Erhöhung liegt die Konditorei, rechter Hand vom Bauernhof ist der große, heckenumzäunte Obstgarten. Der Dobler, welcher durchs Fenster alles gesehen hatte, trat aus seiner Ladentüre und schrie laut: »He, Kameraden, wos is's denn?«

»Is do neamd dahoam?« fragte der an der Reglingertür in unverfälschtem Münchner Dialekt.

»Ja, scho!« sagte der Dobler.

»Ja, worum macht er nachha net auf, dö hobn doch Roß an Stoi (Stall)..?« fragte der Führer der Rotarmisten wiederum.

»Jaja, dös scho ... I woaß's aa net!« erwiderte der Dobler ruhig.

In diesem Augenblick aber krachte ein donnernder Schuß aus dem vorderen Fenster des Reglingerhauses und erschrocken zuckten die Bewaffneten zusammen, faßten sich aber sofort wieder, wichen ungefähr zehn Schritte zurück und legten an. Beim Dobler standen jetzt Mutter, Tochter und Sohn aufgeregt da, beim Wieseder bellte der Hund wie angestochen und der Gärtner lief samt seiner Alten auf den Zaun zu.

»Aufmachen!« schrie der Anführer der Armisten und

starrte auf die Stelle, von wo der Schuß gekommen war. »I mog net . . Macht's daß'z weiterkemmt's!« plärrte es von irgendwoher: »Weita, oda i schiaß!« Da schlugen die Armisten ihre Gewehre an die Backen.

»Hoit's! Kam'radn, hoit's . . . Loßt's mi einigeh!« brüllte da der Dobler und lief schnurstracks auf die Leute zu: »Hoit's . . . It schiaßn!«

Die Armisten stutzten und – richtig – sie senkten die Gewehre. Der Dobler stand schon bei ihnen.

»Geh, Kam'radn, i bin do aa an Feld gwen . . Geh, der damische Kerl do drinna spinnt ja . . Wart's, loßt's mi einigeh, dö Sach' kriagn ma scho!« versuchte der mutige Konditor zu beruhigen und da, grade, als er sich aufs Haus zuwendete, sah er den Reglinger in großen Sätzen durch den Obstgarten laufen.

»Pauli! Pauli!!« schrie der Dobler aus Leibeskräften: »Pauli! Hoit, loß redn mit dir!« Aber der Bauer war schon in der dichten Hecke, die Zweige bogen sich und schlugen wieder zusammen, weg sprang der Fliehende. Die Armisten wußten eine Sekunde lang nicht aus und ein und umzingelten mit einem Mal den Dobler feindlich. »Was! . . Kurzen Prozeß! . . . Quatsch!« hörte man einen Preußen schreien.

»U – uh! In Gottwilln, Jakl!« jammerte die Dobler-Resl, denn jetzt sah es gefährlich aus.

»Geh, Herrgottsakrament, Kam'radn, geh! . . . I hob doch grod koa Unglik wolln . . Herrgott, i bin doch aa bloß a kloana Mo' . . . Geh, härt's mi doch o!« hörten die zusammengelaufenen Leute den Dobler: »Mir denka doch oi gleich!«

»Verräter! Schuft!« knirschte der schrille Preuße: »Kein Pardon!«

Aber der Dobler ließ sich nicht einschüchtern, laut, aber ruhig sagte er: »Mir liegt nix dro, wenn'ds mi derschiaßt's! I hob an Feld hundertmoi sowos mitgmacht . . . Red's liaba gscheit! Sogt's, wos'z mächts! Wos i macha ko', tua i!« Und das änderte wirklich die Situation. Der Führer schrie befehls-

5 *Hoit's!:* Haltet ein!

gewaltig: »Ruhe! Gewehr bei Fuß!« Und, fast ein wenig komisch sah es aus, die anderen traten weiter auseinander und ließen ihre Kolben zur Erde sinken.

»Also Roß braucht's ... Noja, do gehng ma liaba zum Ederer umi, der fahrt enk scho eher .. Mit'n Reglinger konn ma net redn, geht's weita«, verhandelte nun der Dobler weiter, aber durch den glücklichen Umstand, daß jetzt zwei weitere Lastautos mit verwundeten und bewaffneten Rotarmisten in wildem Tempo daherrasselten, verlief alles sozusagen im Sande.

»Alles zurück! Kein Fuhrwerk mehr nötig! Die Weißen sind in der Übermacht!« schrie der Führer des ersten Autos und machte aufgeregte Armbewegungen. Die Armisten vor dem Reglingerhaus sprangen – eins, zwei, drei – auf ihren Wagen und davon ging es in größter Eile. Zuletzt standen nur noch der Dobler und die benachbarten Leute vor dem Bürgermeisteranwesen. Gottesfroh atmete jeder auf und nicht ohne Bewunderung blickten alle auf den mutigen Konditor.

»Dös hätt' saudumm außigeh' kinna«, brummte der Wiesseder nachdenklich, schüttelte den Kopf und schimpfte ungut über das unbesonnene Schießen des verschwundenen Bürgermeisters.

»Ah«, sagte der Dobler inbezug auf die Rotarmisten, »dös san doch aa bloß Mensch'n wia mir ... Es loßt si' doch redn mitananda! Do braucht doch net oiwai glei graaft und gstrittn werdn.« Jeder gab ihm recht und ging in sein Haus zurück.

Den ganzen Tag und die ganze Nacht wälzten sich Autos der Roten Armee durch das Dorf. Kein Mensch kümmerte sich um sie, jeder blieb hübsch geruhig hinter seinen vier Wänden.

Gegen neun Uhr in der Frühe sah der Dobler den Bürgermeister Reglinger die Dorfstraße heraufkommen, mit blas-

5 *umi:* hinüber.
enk: euch.
26 *net oiwai glei graaft:* nicht immer gleich gerauft.

sem, verstörtem Gesicht. Der Konditor trat aus seiner Tür und schrie ihn an, aber der Bauer blieb nicht stehen.

»Pauli!« rief der Dobler wiederum: »Pauli?«

»Ja!« knurrte der Bauer endlich und drehte sich mürrisch um: »Wos wuist denn?« Er wurde schamrot um und um.

»Herrgott, aba do host dir a so a Dummheit gmacht! Wia konnst d' denn bei sowos einfach schiaßn, wennst siehchst, daß dö andern in da Übamacht san!« hielt ihm der Dobler vor: »Wos is's nachha g'wen? . . Davolaafa host müassn!«

»Mei Ruah loß mir! . . I schiaß, wenn i mog!« plärrte der Bürgermeister bissig und ging in sein Haus. »A Rindviehch bist, a achteckerts!« bellte ihm der Dobler geärgert nach. – –

III

Vom Pfarrdorf Schiefelbach kam am übernächsten Tag der Mesner Gögginger in der größten Eile dahergefahren. Er warf sein Rad an den Gartenzaun vom Bürgermeister und lief ins Haus. Ungefähr zehn Minuten nachher marschierten er und der Reglinger stolz und mannhaft, mit umgehängtem Gewehr und weißblauen Armbinden durch den Vorgarten auf die Straße.

»Dobler!« plärrte der Reglinger laut durch die offene Ladentür: »'s Gwehr umghängt und raus do!« Inzwischen holte der Mesner alle wehrhaften Männer aus den Häusern. Zum Schluß stand der Haufe mitten auf dem Dorfplatz und der Bürgermeister heftete jedem eine solche Armbinde an. Er war voller Eifer und kommandierte wie ein schwadronierender Feldwebel.

»Jetz werd' ausgraamt . . Keinen Pardon gibt's nimma!« brüllte er ein um das andere Mal und schimpfte alsdann wieder: »Herrgott, wo bleibn's denn, dö langweilinga Kerl! Marsch, Marsch, zuawa do!«

28 *ausgraamt:* Ordnung gemacht.
31 *zuawa:* voran.

Er teilte mit, daß in einer Viertelstunde ein Bataillon Regierungstruppen ankomme und »Die Parade« abnehme.

»I hob scho recht g'habt, daß i gschossn hob! Mit dö rotn Hund derf ma koane Umständ macha!« verteidigte er sich überheblich und schaute dabei auf den Dobler. Jetzt hörte man klingendes Spiel, und wie das schon ist, in alle Mannsbilder kam ein militärischer Geist. Der Mesner lief den heranziehenden Regierungstruppen entgegen, die wiederum beeilten sich und stießen bald auf den Dorfhaufen.

»Halt! Kehrt Euch! – Gewehr ab!« kommandierte der geschnürte Offizier mit krächzender Stimme und dann: »Rührt Euch.« Die Leitelfinger standen erwartungsvoll da. »'n Taach! Sind Sie der Bürgermeister?«

»Jawohl, Herr Hauptmann, jawohl!« antwortete der Reglinger eifrig und stand stramm.

»Ist was Verdächtiges im Dorf . . Ein Roter?« erkundigte sich der Hauptmann scharf.

»J–ja–jawohl, Herr Hauptmann . . Wir wolltn grad selbst eingreifn!« sagte der Bürgermeister beflissen laut, daß die Leitelfinger erstaunt auf ihn glotzten.

»Soso! Wo denn?« überstürzte sich der Offizier fast, zog eiligst seinen Revolver heraus und schrie: »Marsch! Vier Mann vor! Mir nach! Marsch!« Im nächsten Augenblick schon rannte er mit seiner Mannschaft und dem Bürgermeister auf die Stuberbühler-Villa zu, hinterher trotteten halb erschreckt und halb neugierig die Leitelfinger Wehrmänner, fingen dann auch zu laufen an, durchs Gartentürl, bis zur verschlossenen Türe.

»Auf da!« schrie der Offizier und befahl schneidend: »Sofort Haus umstellen! Marsch, marsch!!« Die Dörfler taten, wie ihnen geheißen. Ein Soldat schlug, nachdem von innen keiner angab, mit dem Gewehrkolben die Türe ein, schußbereit hielt der antreibende Hauptmann seinen Revolver. »Wenn sie fliehen, sofort schießen!« brüllte er der Dorfwehr zu, einer gab's dem anderen weiter, jeder richtete schon sein Gewehr. Diejenigen, die noch bei den eindringenden Soldaten standen, machten es genau so und nach wenigen

Minuten drängte sich Mann um Mann ins Haus. Aber, sie hätten sich gar nicht so drohend anzustellen brauchen – die seltsamen Drei waren nirgends aufzufinden, totenstill lag jeder Raum da. Wütend riß der Hauptmann alle Schubladen heraus, warf die Stühle um, stieß mit dem Säbel in die Tapete und riß sie mutwillig herunter. Die Soldaten schnüffelten nicht weniger. Das einzige was man fand waren etliche Flugblätter des Zentralrates und ziemlich zerlesene Broschüren. Zuletzt stand der Herr Hauptmann, umgeben von den Soldaten und den Dörflern in der durchwühlten Stube und knirschte, indem er sein Monokel fester ins Auge klemmte: »Bande feige!«

»Äh – ä – ä, hat wer die Leute gekannt? . . . Wer weiß was davon?« fragte er und nach einem ganz kurzen Stocken sagte der Reglinger: »Jajawohl, Herr Hauptmann, beim Dobler waren sie fast jeden Tag.«

»Dobler? . . Wer ist das?« hob der Offizier das Gesicht und maß den vortretenden Konditor streng: »So! Bei Ihnen? . . Sie sind Konditor! Ja? . . . Da war dieses Pack öfter . . Sie haben sich auch immer länger unterhalten mit der Bande, was?« Er trat sehr hart und überheblich vor den kleinen, ruhigen Mann: »Was ist denn da immer gesprochen worden, hä? . . Na, wie war's?«

Sonderbar, rundherum schauten jetzt die Leute auf den Konditor, dem und jenem verschlug es förmlich den Atem.

»Von Biichern is g'redt wordn, Herr Hauptmann . . . I könnt eingtli sunst nix weita sogn drüba . . . Sie hobn iahna Sach' zoit –« antwortete der Dobler unmilitärisch: »I bin G'schäftsmann! . . . Wos mei Kundschaft macht, kümmert mi nix.«

»Soso, soso – und bloß zu Ihnen sind die Leute immer gekommen?« forschte der Hauptmann aufdringlich weiter und maß den Dobler schon wieder so herausfordernd: »Und was waren denn das für Biiiicher, hm . . .? . . . Hm, Meister? . . Komisch, daß die Bande in sonst keinem Haus verkehrt hat! . . . Da war doch auch so ein Frauenzimmer dabei, hä?« Der Dobler wurde auf einmal flughaft rot vor unterdrücktem Zorn. Er war kein Mensch, dem man etwas Unrechtes nachsagen konnte, hatte den Krieg mitgemacht im härtesten Schützengraben. Er spürte die Beleidigung zu deutlich.

»Herr Hauptmann, mir is's gleich wia a Mensch is«, sagte er fester: »Wenn Sie a Gschäft hätt'n, machertn Sie's gnau so ...«

»Was!!« fuhr der Militär schroff auf: »Wasss!?« .. Sie scheinen mir ja schon der rechte Bruder zu sein!« Er wandte sich gezuckt an den Bürgermeister: »Wie konnten denn die Leute wissen, daß wir schon so nah waren .. Hat sie jemand drauf aufmerksam gemacht?«

Der Reglinger wurde jäh blaß und stockte. »Neamd, Herr Hauptmann ... Sie san ja sonst in koa Haus kemma«, brachte er erst nach einer Weile heraus. Es klang ziemlich tonlos.

»So! .. Herr Dobler? .. Haben vielleicht Sie was gesagt, hä! Antwort!« schrie der Offizier und wölbte sich auf wie gebläht.

»Nein! ... I net!« gab der Dobler stumpf an.

»Aba, daß'd mit dö Rotn guat umspringa host kinna, dös sell hot ma gsehng, wia i ausn Haus gschossn hob«, sagte jetzt mit einem leisen, hämischen Unterton der Bürgermeister zum Konditor und sofort erkundigte sich der Hauptmann eifrig über den Vorfall. Alle Leitelfinger waren inzwischen in die Stube gekommen und schauten dumm und stumm drein.

»Er hot ja *dir* helfa woin (wollen), Bürgamoasta«, brachte der Wieseder endlich übers Herz, aber der Offizier fuhr ihn sofort scharf an: »Maul halten!«

Der Bürgermeister erzählte gewiß alles der Wahrheit gemäß, aber der Ton macht schließlich die Musik und in solch gespannten Augenblicken kann ein Wort alles verderben.

Der Dobler war so voller Zorn, daß er kein Wort mehr herausbrachte. Weiß wie die Wand war sein Gesicht. Auch den meisten Dörflern gefiel dieses Berichten nicht, aber hol der Teufel das Militär, es regiert ohne Einsicht. Da ist man am besten still.

»Hm, also, er hat mit den Roten verhandelt und sie haben nachgegeben .. Kameraden, hat er zu ihnen gesagt, soso«, meckerte der Hauptmann und wandte sich wiederum an den Dobler: »Kameraden, haben Sie gesagt, ja?«

»Ja«, quälte der Dobler aus sich heraus. »Wenn's gschossn hätt'n, waar dös größte Unglück rauskemma.«

»Jaja – ja«, brummten einige Leitelfinger. »Maul halten!« schrillte es ihnen schon wieder entgegen.

»Sie sind ein Roter!« plärrte der Hauptmann. »Einer von der Bande!«

»Nein, das bin ich nicht!«

»Jawohl!« brüllte der Offizier noch erregter und gab dem Dobler plötzlich einen wuchtigen Stoß, daß er zurücksank. »Lügen auch noch, feiger Schweinehund!«

»Ja – ja, jetz dös –« murrten mehrere Dörfler stockend.

»Weg da .. Hinaus da, Marsch!« peitschte der Befehl und wie verängstete Schafe drängten die Wehrmannen sich aus der Stube. Der Dobler wischte sich das Blut mit dem Ärmel aus dem Gesicht. Gerade in die Zähne hatte ihn der Hauptmann gestoßen.

»Herr Bürgermeister, Sie bleiben da .. Und *Sie* auch!« sagte der Offizier und riß den Konditor zurück. Er drehte sich zu den Soldaten und befahl: »Der wird abgeführt.«

»Zu Befehl«, klang's dumpf zurück. Die Stube war sozusagen gesäubert. Nur der Hauptmann, die Soldaten, der Bürgermeister und der Dobler standen noch drinnen.

»Bürgamoaster, dös –« wollte der Konditor endlich anfangen.

»Fresse halten, Kerl!« schnitt ihm der Hauptmann das Wort ab und hob schon wieder den drohenden Arm. Da auf einmal fing der kleine Mensch zerstoßen zu weinen an, so unbegreiflich schmerzhaft heulte er, daß sogar die Soldaten eine Sekunde lang wie gelähmt stehen blieben. Dem Bürgermeister schlotterte der Schreck alle Glieder und hastig, fast flehend sagte er: »Nana, na, Herr Hauptmann, da Dobla is oiwai a richtiga Mensch g'wen, na – na, dö – dös –« Der Offizier schnitt mit einer kalten Handbewegung diese Einwürfe ab und verbindlich lächelnd sagte er: »Schon gut! Gut, Herr Bürgermeister, gut, gut!« Ärgerlich über die Unschlüssigkeit der Soldaten, kommandierte er scharf: »Dobler! . . . Marsch, vorausgehn!« Der Konditor hatte sich gefaßt, wandte sich hölzern um, machte ein, zwei, drei Schritte, einen furchtbaren Knall tat es und der Getroffene brach mit einem abgerissenen Schrei wie abbrechend nach hinten, dann sackte seine Gestalt in gestreckter Länge nach vorne und fiel dumpf krachend auf den Boden des Hausganges.

»Ho! . . In Gottwilln!« stieß der Bürgermeister fassungslos heraus und fiel fast um. Der Dobler warf sich noch etliche Male und blieb starr liegen. Das warme Blut rann kleinfingerdick aus seinem Hinterkopf über den Hals herab und bildete eine dunkle Lache auf dem glatten Steinboden. An der offenen Haustüre drängten sich die verwirrten Leitelfinger und glotzten starr aus ihren käs'weißen Gesichtern.

»Erledigt! Marsch!« rief der Offizier schneidend und steckte seinen Revolver in die Gurttasche. Die Soldaten stampften vor ihm her, ins Freie. Die Leitelfinger wichen zurück. »So geht's mit den roten Hunden!« sagte der Hauptmann kühn und marschierte mit seinem Trupp aus dem Garten. Gleich darauf zog das Bataillon mit klingendem Spiel ab.

Lange wußten die Dörfler nicht, was sie tun sollten. Sie standen einfach da und schauten. Drinnen in der Stube hockte der Reglinger und weinte zerstoßen. »We–e–henn i dös gwüßt hätt! . . . We–ehenn i dös gwüßt hätt!« plapperte er in einem fort und wurde immer wirrer.

»Hm . . Je–etz sowos! . . Hm, scheißli, scheißli, hm«, machte endlich der Wieseder. »Wega nix und wieda nix. Dös–dös san Metzga! . . Mit dö Rotn host redn kinna . . Hm, aba dö bringa an jedn um, hm–hm!« Und dann trugen er und der Ederer den toten Dobler zu seiner Mutter vor. Man kann sich denken, wie die verzweifelt war.

30 *scheißli:* scheußlich.

Lange Zeit ging das Grauen im Dorf herum. Wirklich, wenn ein Soldat auftauchte, zitterte jeder. Insgeheim hat es oft geheißen, der Reglinger habe sich bloß geärgert, weil damals bei den Roten der Dobler nicht so feig davongelaufen sei wie er, und habe dem armen Teufel eins auswischen wollen. So sei das ja immer auf der Welt: Zuerst ein Held sein und im nächsten Augenblick das Gegenteil davon werden müssen, besonders wenn alle Leute es sehen, das verwinde ein Mannsbild absolut nicht. Aber daß alles so – so furchtbar hinausgehe, das habe doch kein Mensch und der Reglinger sicher auch nicht gedacht. –

Kommt die alte, eisgraue Doblerin wirklich einmal auf die Sache zu sprechen, so schließt sie meistens mit den bitteren Worten: »So san d' Leit . . . Um Gottswilln hilf ja koan! . . . Scho in der Stund drauf is er imstand und bringt di selba um!«

Nicht glauben macht unselig

Auf die Frage: »Weswegen verfällt ein Mensch in Schwermut?« könnten sicher die meisten Leute eine einigermaßen einleuchtende Antwort geben, und wenn es hieße: »Was ist eigentlich Schwermut?«, so würden sie auch nicht weiter verlegen sein. Dichter beispielsweise würden sogleich auf schöne Strophen und traurige Geschichten kommen, Musiker fänden eine ganze Skala wehmütiger Töne in ihrem Gefühl, Maler sähen vor ihrem geistigen Auge traumschwere Bilder der Verlassenheit, gescheite Leute würden viel zu reden wissen und Psychiater gar, die wären imstande, ganz exakte Erklärungen abzugeben. Dabei würde sich herausstellen, daß Schwermut eigentlich eher etwas Schönes als etwas Schreckliches ist. Mir selber ist einmal ein Mensch untergekommen – ein ungefähr vierzigjähriger Buchdrucker namens Georg Hartmann, den ich, weiß Gott warum, für wirklich schwermütig gehalten habe – der war schrecklich. Seine stehende Redensart bei jeder Gelegenheit war: »Man darf nichts glauben.« Er war weder griesgrämig, noch menschenscheu, ging sogar gern in Gesellschaft und trank oft über den Durst. Er hatte seit langer Zeit eine Lebensstellung bei einer Zeitungsdruckerei, war mit einer fügsamen, tüchtigen Frau verheiratet und beklagte es nicht. Kind war keins da, Not und Sorgen auch nicht, denn die Leute hatten sich im Lauf der Jahre ein hübsches Sümmchen erspart. Aber: »Man darf nichts glauben«, sagte Hartmann und meinte damit nicht etwa etwas Religiöses, nein, nein, er war gewohnheitsmäßiger Katholik und ging sogar alle heiligen Zeiten einmal in die Kirche. Freilich – beichten und kommunizieren, überhaupt das ganze Drum und Dran, das war ihm zu umständlich und wohl auch zu kindisch. Er war ein friedfertiger, etwas phlegmatischer Mensch, ließ gewissermaßen den Herrgott bestehen, hatte nichts gegen andere Meinungen und Überzeugungen und fand alles in der Ordnung. Er betrog seine Frau oft und die war so vernünftig, das nicht weiter übel zu nehmen, das heißt, sie spürte ihm nicht nach, sie ließ ihn laufen, wie er lief und tat, weil er klugerweise seine Weibergeschichten mit gewiegter Heimlichkeit betrieb, als sehe und wisse sie nichts von alledem. Sie war um etliche Jahre älter als ihr Mann und brauchte in keiner Weise zu darben. Gesund und nüchtern dachte sie über die Dinge der Welt und des Lebens und sicher wird ihre Rechnung ungefähr so gewesen sein: »Ich bin versorgt. Er ist ein verträglicher Mensch mit wenig Untugenden und macht nichts Unvernünftiges. Was ich nicht weiß, macht mich nicht heiß und tut mir nicht weh, basta!« –

Hartmann und ich lernten uns in einem Tarockklub kennen, dem außer mir nur Buchdrucker angehörten. Man traf sich in der Woche zweimal in einer gemütlichen Wirtschaft immer so gegen acht, halb neun Uhr abends. Hartmann spielte ausgezeichnet und war nie – ob er nun (was allerdings sehr selten vorkam) verlor oder gewann – irgendwie erregt. Vor und nach der Spielerei unterhielt man sich meist. Die Ereignisse der Politik wurden besprochen, Witze flogen hin und her, Neuigkeiten gab es und die Meinungen prallten mitunter sehr hart aufeinander. Auch dabei zeigte es sich, daß Hartmann, wenn man so sagen will, ein völlig privater Mensch war. Ihn interessierten die Witze und Neuigkeiten halbwegs, er hörte gut hin, lachte gern und gab dieses und jenes lustige Stücklein zum besten. Sobald man aber auf die Politik oder überhaupt auf irgendetwas Grundsätzliches im Leben und Denken zu sprechen kam, wurde er einsilbig und gleichgültig. Versuchte jemand, ihn in die Diskussion hineinzuziehen, fragte ihn einer geradewegs, was denn nun *er* für eine Meinung habe – vergeblich. Georg Hartmann schaute fast ein wenig mürrisch, ja, ganz genau bezeichnet, beinahe abwesend drein und kam dann, nach etlichen Brummlauten, mit seinem »Man darf nichts glauben« daher. Hartnäckig und störrisch blieb er dabei, nicht um alles in der Welt war er aus seiner Verschlossenheit herauszubringen. Ich habe ihn bei solchen Gelegenheiten oft und oft unvermerkt beobachtet. Er blieb sich immer gleich. Ich ärgerte mich manchmal über ihn. Es war mir unbegreiflich, wie ein Mensch, der nach allem, was man von ihm sah und hörte, keineswegs dumm war, so engstirnig sein konnte. Ganz gewiß: sehr gesellige, verträgliche Menschen, grundheitere Naturen sind mitunter die größten Menschenverächter. Sie lieben und hassen nicht, und eigentlich kommt es ihnen nur auf das Geräusch, auf die bunte Bewegung ihrer Mitlebenden an, sonst aber sind sie gänzlich einsam, völlig allein. Warum zum Beispiel streiten sie nie? Warum sind sie zu jedermann nett und deswegen überall beliebt? Weil sie nichts, gar nichts von den Menschen wollen oder erwarten, weil sie ganz einfach nirgends dabei sind, weil sie – –

Aber du lieber Himmel, man stelle sich den Georg Hartmann vor und denke: Einsam, allein oder schwermütig. Ein gesunder, lustiger und sogar hübscher Kerl mit geweckten Augen, schon ein wenig beleibt, aber stets springlebendig, wenn es sein sollte. Nichts Auffälliges, aber auch nichts Nachlässiges an seiner Erscheinung und Kleidung, keine einzige weltschmerzlerische Falte in seinem ausgeglichenen Gesicht und absolut keine Schrullenhaftigkeit in seinem Gebaren. Ein Mensch wie tausend andere.

Völlig dumm – so eine Einbildung!

Nun gut. Es werden sich noch alle an den großen Buchdruckerstreik von vor fünf Jahren erinnern. Er beunruhigte dazumal die ganze Stadt. Beinahe vier Wochen gab es keine regelmäßigen Zeitungen mehr. Heftig tobte der Kampf. Es gab sogar einen Sympathiestreik der Metallarbeiter und die Lage spitzte sich von Tag zu Tag zu. Zusammenstöße mit Streikbrechern kamen vor, blutig verliefen sie. Die Unternehmer drohten und gaben nicht nach, die Arbeiter waren nicht weniger hartnäckig. Jeden Abend waren die großen Säle der Stadt überfüllt von Menschen. Die sozialistischen Parteien und die Gewerkschaften aller Berufe unterstützten die zwei Streikleitungen. Je länger die Sache dauerte, desto revolutionärer wurden die Massen. Fast jede Nacht zogen Demonstranten durch die Straßen, immer rücksichtsloser ging die Polizei vor, die Erregung wuchs und wuchs. Immer und immer wieder, wenn die Unterhändler aus den Tarifverhandlungen ankamen und Bericht erstatteten, wurden sie voller Spannung angehört, immer und immer wieder, wenn sie die Vorschläge der Unternehmer mitteilten, brach ein drohender Lärm aus und machte ihr Weiterreden fast unmöglich. Offen forderten die Radikalen Gewaltmaßnahmen und fanden Anklang, ganz gleichgültig, ob sie nun verhaftet wurden; trotzig standen neue Männer auf und rissen alle Sympathien an sich. Schließlich und endlich griff – wie sich die wenigen der Unentwegten ausdrückten, die auch da noch nicht in die Betriebe gingen und die Arbeit aufnahmen – die staatliche »Schlichtungsguillotine« ein. Die Metallarbeiter hatten überhaupt nichts gewonnen und mußten sich die rücksichtslosen Massenentlassungen gefallen lassen, die Buchdrucker hatten kaum drei Pfennig Stundenlohnerhöhung erfochten. Diejenigen, welche sich damit nicht einverstanden erklärten, wurden nicht mehr eingestellt.

Bei jenen Versammlungen traf ich Hartmann stets. Er saß zwischen seinen Kollegen wie jeder andere, nur – er blieb teilnahmslos. Weder die Gemäßigten, noch die Radikalen rissen ihn mit. Er schrie wohl mitunter mit den anderen Genossen am Tisch das gewohnte »Sehr richtig!« oder »Hört, hört!« aber, wie gesagt, er war nicht dabei. Keiner merkte das zwar, ich aber nahm ihn stets sehr genau aufs Korn und verfolgte ihn in jenen sturmbewegten Tagen wie ein Jäger das versteckte Wild. Einmal nun – es war, wenn ich mich recht erinnere, kurz vor der Entscheidung und es sah grade an dem Tage so aus, als trügen die Arbeiter noch den Sieg davon – einmal also saß ich während des ganzen Versammlungsabends neben ihm und begleitete ihn später nach Hause. Ich war sehr aufgekratzt und schimpfte über die Unternehmer, ich kritisierte das Verhalten der Gemäßigten, hieß sie »Kuhhändler« und »Verräter« und redete und redete. Auf einmal merkte ich, Hartmann hörte kaum zu. Das ärgerte mich mehr als es mich im Augenblick erstaunte.

»Herrgott, du bist – scheints – auch so einer von den Lauwarmen!« fuhr ich ihn an: »Bei dir weiß man überhaupt nie wie man dran ist! Mensch, du mußt doch selber zugeben, die Unternehmer sind Schweine, ganz gemeine, niedrige Ausbeuter!«

Hartmann schaute mich nicht an, er tappte weiter wie immer und brummte sein widerwärtiges: »Man darf nichts glauben!« heraus. Ich wurde noch wütender, blieb stehen auf der Straße und schimpfte wie ein Rohrspatz: »Mensch, Hartmann! . . . Siehst du denn nicht ein, daß, wenn alle so gleichgültig wie du sind, nie ein Fortschritt erreicht wird. Solche wie du sind gefährlicher wie der schlimmste Gegner – sie sabotieren insgeheim. Man muß sie bei einer Revolution an die Wand stellen! Kerl! Kerl, Hartmann!« Ich riß ihn freundschaftlich am Arm, ich lächelte, schüttelte den Kopf und wurde wieder zornig.

Und was tat Hartmann?

»Komm! Geh weiter!« sagte er unangefochten. Es war schrecklich, man konnte ihm nicht einmal widerstehen. Ich wurde plötzlich versöhnlicher und sagte herzlich: »Du mußt das nicht übel nehmen, aber Mensch, wenn du genau nachdenkst – und ein Idiot bist du nicht, du versteckst dich bloß! – wenn du genau nachdenkst, mußt du mir doch recht geben.« Er schaute mich an und zuckte ein wenig mit den Schultern.

»Hm, mein Gott! Recht geben? . . . Was heißt das?« murmelte er und schloß abermals mit seinem: »Man darf nichts glauben.« Alles kam gleichgültig aus ihm, er war unerregt und fast wie müde.

»Gehn wir noch in ein Café«, sagte ich behutsam: »Komm, quatschen wir uns ein wenig aus.«

»Ja, meinetwegen«, gab er zurück, »ist ja erst elf . . .« Es war eine bedrückende Herbstnebelnacht. Alle Lichter waren gelb und schienen zu triefen, alles Nahe und Ferne war vermummt, die Bewegung und der Lärm der Straßen geisterten gedämpft wie hinter dichten Spinnwebwänden. Jetzt, weil ich nicht mehr vom Streik und von Politik redete, lebte Hartmann etwas auf.

»Meine Alte könnt' jetzt jede Nacht einen Liebhaber

haben – immer bin ich weg«, sagte er unvermittelt und das ärgerte mich schon wieder. Seine Frau war ihm grundtreu und – Anziehendes hatte sie grade nicht mehr an sich. Sie kam sicher gar nie auf einen derartigen Gedanken, sie war eine ins Breite gehende Hausfrau, kochte sehr gut und war eigentlich immer beschäftigt.

»Mensch, du bist ein komischer Kerl ... Glaubst du wirklich? ... Seltsam«, meinte ich und stellte ihn wiederum hitzig zur Rede: »Und wenn schon! ... Sag mir mal, was tust eigentlich du? *Du* erlaubst dir alles, aber *sie* – ach was! Dummes Zeug!«

»Man darf nichts glauben!« murmelte er schon wieder. Spießbürger, dachte ich verbissen, widerwärtiger Spießbürger!

Wir landeten endlich in einem ziemlich besetzten Kaffeehaus, in welchem viele Dirnen verkehrten. Es fiel mir auf, daß Hartmann keine einzige anschaute. Es waren sehr hübsche und sogar verhältnismäßig junge Mädchen darunter, alle mit viel Geschmack und einige besonders elegant gekleidet.

»So nette Kokotten hab' ich schon lang nicht mehr gesehen!« sagte ich zu meinem Freund: »Schau nur! Die Schwarze dort ... Ein bildhübsches Ding.« Hartmann schaute wohl hin, sagte auch »Jaja«, aber er meinte, sowas könnte ihn nicht reizen.

»So ein junges, ganz dummes, volles Ding, verstehst du! ... Sowas mit erst aufgegangenen Apfelbrüsten, wo noch gar nichts von der Welt kennt, siehst du, das kann mich ganz närrisch machen«, erzählte er gemütlich. Wir unterhielten uns über ganz gleichgültige Dinge, kein Wort vom Streik und von der kommenden Entscheidung fiel. Wir saßen an einem Ecktisch und hatten keine störenden Nachbarn. Hartmann erzählte ab und zu einen derben, zotigen Witz. Durch die Türe vorne kam ein ausgemergelter, schwindsüchtiger Junge und verkaufte die »Notzeitung der vereinigten Zeitungsverleger«. Er machte gute Geschäfte und kam schließlich auch zu uns. Ich lehnte ab und auch Hartmann tat nicht dergleichen. Plötzlich – der Junge war ungefähr zwei Tische weiter, winkte ihm mein Freund und kaufte trotz meiner Vorhaltungen eine Zeitung. Er entwaffnete mich geradezu durch sein leichtes Lächeln und als ich immer wieder zu schimpfen anfing, sagte er so nebenher: »So ein Zeitungsbub war ich auch schon einmal ... Mein Lieber, das war so ein Geschäft!« Ich war immer noch ergrimmt über seine »unsoziale Handlungsweise« und hörte nicht auf ihn.

»Ah«, sagte ich bissig, »drum willst du dich wohl als Wohltäter aufspielen! ... Du möchtest wohl dem Bürschlein as zukommen lassen, hä! Pfui Teufel!« Hartmann ließ sich nicht treffen. Er ging gar nicht darauf ein.

»Er wird nicht viel haben von so einer Zeitung und für die Unternehmer ist das auch ein Defizitgeschäft«, meinte er in bezug auf den Jungen: »Aber weißt du, also wie ich da Zeitungsbub war ... Das heißt, die Sache war eigentlich so: Mein Vater arbeitete als Mörtelträger auf dem Bau und meine Mutter trug mit mir die ›Sonntagszeitung‹ aus, weil das bißl Verdienst nie hin- und herlangte ... Das war – du kannst dich vielleicht noch erinnern – das war so ein Schmierblättchen ... Ist nach etlichen Jahren wieder eingegangen ...«

»Ja, ich weiß noch«, antwortete ich nicht sehr interessiert. Er beugte sich etwas mehr in den Tisch und wurde eigentümlicherweise belebter.

»Meine Mutter hat Krampfadern gehabt ... So dick!« fuhr er fort und zeigte, um dies deutlich zu machen, als Beispiel seine zwei Finger: »Und du kannst dir denken, daß das Geschlepp mit den Zeitungen und das haufenweise Stiegensteigen reines Gift für sie war ... O mein Mensch, von dem Elend wie wir damals gewohnt haben, machst du dir keinen Begriff! ... In der Morassistraße, auf 11 im zweiten Rückgebäude ganz droben im Speicher haben wir ein Zimmer gehabt, jeden Tag hat's Kartoffel gegeben, Kartoffel und Brot und hie und da, wenn der Vater arbeitslos gewesen ist oder alles versoffen hat, hat's überhaupt nichts gegeben. ... Meinen Vater hab' ich nie mögen ... Er war ein saugrober Kerl und oft, wenn er mit einem Rausch heimgekommen ist, hat er uns wegen nichts und wieder nichts geschlagen ... Ich will dir was sagen, meine Mutter hat außerdem ein lediges Kind gehabt, das ist in einem Kloster aufgezogen worden, ich hab's nie kennen gelernt, aber das hat's sicher viel schöner gehabt wie ich ...«

Jetzt wurde ich schon aufmerksam, so hatte Hartmann noch nie erzählt.

»Wir haben ein einziges Bett gehabt und ich bin, bis ich in die Lehre gekommen bin, überhaupt nie da drinnen gelegen, ich hab' auf dem Boden gelegen und – mein Mensch, wenn's geregnet hat! ... Wir haben zwei Regenschirme aufgespannt und in der Früh sind wir direkt geschwommen ..« schilderte er.

»Ja – und der Hausherr? Hat denn der nichts richten lassen?« warf ich ein.

Hartmann lachte leicht auf: »Hm, der Hausherr ... Hast du vielleicht schon einmal erlebt, daß wer was zu sagen hat, wenn er nicht zahlen kann!? ... Wir haben ja froh sein müssen, daß wir nicht 'rausgeflogen sind!« Ich unterbrach ihn schon wieder. Jetzt war der Augenblick günstig, jetzt konnte ich ihn endlich bei der Gesinnung fassen!

»Also, du kommst doch aus der schlimmsten Not! Du bist Prolet von Kind auf! ... Ich kann nicht begreifen, daß du nichts Klassenbewußtes an dir hast!?« hub ich an, kam aber nicht weiter. Hartmann wehrte sofort ab. Er wurde sogar ein wenig ärgerlich und knurrte: »Ah, dummes Zeug, dummes! ... Man darf nichts glauben! ... Ich weiß nicht – ich kann das nicht!« Ich wollte erneut zu reden anfangen. »Nachher«, sagte er kurz und erzählte weiter: »Meine Mutter hat mich wirklich gern gehabt ... Ich möcht' nicht wissen wie oft sie meinethalben gehungert hat ... Ich hab' sehr an ihr gehangen ... Jetzt sind's alle zwei unter der Erden, sie und mein Vater ... Ich hab' einmal die Abonnementsgelder kassieren müssen ... Meine Mutter hat alle Quittungen unterschrieben und mich losgeschickt ... Sie hat nicht gehen können und mein Vater ist dazumal so im Vorschuß gestanden, daß er überhaupt nichts heimbrachte. Der Hausherr hat einen Brief geschickt gehabt, wenn wir diesmal nicht wenigstens zwei Monate bezahlen, fliegen wir . . . Gut, ich gehe los – es war, ich weiß es noch wie heut', an einem Freitagnachmittag, gleich nachdem ich von der Schule heimgekommen bin – im März oder April wird's gewesen sein, ziemlich kalt war's noch und den ganzen Tag regnete es, der Monatserste fiel dazumal auf einen Montag. Ich war eigentlich froh, daß ich aus unserm stinkigen, schwimmenden Loch gekommen bin und weil ich barfuß und wirklich armselig beieinander war, hab' ich von den mitleidigen Abonnenten sogar Trinkgeld und allerhand geschenkt bekommen, Brot, eine warme Suppe und sogar alte Kleider . . . Hocherfreut bin ich heimgekommen. ›Mutter‹, sag ich, ›da schau, vier Mark hab' ich zusammengebracht, da sagen wir dem Vater nichts! . . Und da, was ich Brot hab', da, versteck's!‹ Es war schon neun Uhr abends, mein Vater soff sicher schon irgendwo . . . ›Du bist ein guter Kerl, Georg‹, hat meine Mutter gesagt und ich weiß nicht, ich bin auf einmal traurig geworden, weil sie mich in einem fort gestreichelt hat und ganz still weinte. Sie hat mir an dem Abend eine Semmelsuppe gemacht. Später ist der Vater gekommen, hat aber kaum mehr stehen können und ist einfach ins Bett gefallen . . . Geschnarcht hat er wie ein Roß. Am andern Tag in der Früh ist er schimpfend zur Arbeit und wir waren froh, daß alles so glatt ging . . . Schönes Wetter war auch wieder. Meine Mutter war seltsam aufgekratzt, ist aufgestanden, hat lustig gesagt: ›So Georg, weil du so brav warst . . . Heut kaufen wir uns einen Malzkaffee und Mittag gibt's einen Semmelschmarrn‹ und ist weggegangen. Ich hab' unterdessen die Stube hinausgeputzt und wie sie wieder zurückgekommen ist, war sie noch lustiger, hat Milch, Margarine, Zucker und Malzkaffee gehabt. Wir waren direkt glücklich . . . Hernach beim Kaffeetrinken ist sie immer noch so zärtlich gewesen, meine Mutter. Ewig hat sie mich gestreichelt, ganz seltsam ist mir das vorgekommen, und immer hat sie wieder gesagt: ›Du bist ein guter Kerl, Georg! Wenn nur grad dein Vater ein bißl was von dir hätt' . . .‹ Und der Semmelschmarrn mittags war sehr gut, ich hab' mir viel Zucker nehmen dürfen . . . Ich hab' mir in einem fort gewünscht:

Herrgott, wenn ich doch alle Tage kassieren dürfte oder wenn ich sonst was verdienen könnte, das wär' schön! Da ging's uns ganz gut. Ein Kind, wenn so gelobt wird, kriegt einen Eifer ... Der Nachmittag verging und spät in der Nacht ist der Vater gekommen und war furchtbar grimmig ... Wahrscheinlich war sein Wochenlohn schon versoffen, denn er war heute nicht ›blau‹ ... Er kam zur Tür herein und fing zu schimpfen an, weil er sich in der Dunkelheit am Tisch stieß ... Ich wachte auf und blieb ängstlich still. Er schmiß einen Stuhl in die Ecke und knurrte wütend, Gott sei Dank, getroffen hat er mich nicht ... Ich rührte mich auch jetzt noch nicht ... Er stieß den Tisch nach vorne und fiel über meine Mutter her. ›Nur alles in den Weg stellen!‹ polterte er und ich hörte seine Fausthiebe. Meine Mutter stöhnte und fing schließlich zu jammern an. ›Scheinheiliger Fetzen!‹ brüllte er und warf sie kurzerhand aus dem Bett. Sie wehrte sich nicht weiter und legte sich auf den Boden zu mir ... Sie getraute sich nicht einmal zu weinen, aber ich spürte ihren Atem und langte auf einmal nach ihr ... Ihre nassen Wangen spürte ich, ganz warm war diese Nässe ... In der Frühe sah ich erst, es war Blut ... Sie faßte meine Hand und drückte sie stumm ... Wir schoben uns enger aneinander ... Der Vater knurrte noch etliche Male auf und fing allmählich zu schnarchen an ... Ich schmiegte mich immer enger an meine Mutter und fühlte wie sie mich in einem fort leise streichelte bis ich einschlief. In aller Frühe am Sonntag mußten wir fort zum Zeitungsaustragen und waren froh. In der Expedition ging es heftig zu. Die vielen Weiber wollten jetzt schon alle abrechnen, aber es hieß: ›Morgen vormittag kommen.‹ Ich merkte, meine Mutter war schon auf dem ganzen Herweg unruhig und drängte sich gar nicht zum Abrechnen. Wir bekamen unsere Pakete und liefen den ganzen Vormittag treppauf und treppab. Todmüde kamen wir ungefähr um zwölf Uhr mittags heim. Der Vater hockte hemdärmelig und ungewaschen am Tisch und schlabberte den Kaffee hinunter, den ihm die Mutter in der Früh' vor dem Weggehen auf dem Herd bereitgestellt hatte.

›Was ist's, gibt's heut gar nichts zu fressen?‹ hat er brummig gefragt: ›Du hast doch kassiert?‹ Meine Mutter ist blaß geworden, hat sich aber gleich wieder zusammengenommen und gesagt: ›Der Erste ist erst morgen.‹ Ich stand dumm da. Mein Vater hat sich 'rumgedreht und sie von unten bis oben zweifelhaft gemustert. ›Soso‹, sagt er spitzig: ›Soso, heut hat dich keiner 'zahlt? Das willst du *mir* vormachen? ... Gib Geld her, sag' ich! Marsch! Fetzen, windiger! Her damit!‹ Dabei hat er eine dementsprechende Handbewegung gemacht und weitergeschimpft: ›Die ganze Woch' schuftet unsereins und am Sonntag gibt's nicht einmal was zu fressen! Sauber, sauber! ... Her, sag' ich! Rück' raus mit dem Geld oder ...!‹ Und schon ist er aufgesprungen. Ich bin in die Ecke gelaufen und hab' meine Arme über den Kopf gehalten.

›In Gott'snamen, da! Daß eine Ruh' ist! Da! Geh hin, wohin du willst!‹ hab' ich meine Mutter gehört und Geld hat geklingelt. Gleich ist's still geworden. ›Gell, Dreckmensch! Gell, ich hab's ja gewußt, daß du Geld hast!‹ hör' ich den Vater. Er tappt herum und droht: ›Noch einmal lüg' mich an! Noch ein einziges Mal, dann kannst deine Knochen zusammensuchen!‹ Ich hab' mich nicht gerührt, die Tür hat gequietscht. ›So und jetzt könnt's mich im Arsch lecken!‹ schreit mein Vater und weg ist er gewesen. ›Gott sei Dank!‹ stöhnt meine Mutter und schnauft auf. Ich hab' meine Arme herabfallen lassen und auf sie geschaut. Sie ist am Tisch gehockt und hat ewig in ein Loch geschaut. Wie ich zu ihr hingeh', läßt sie auf einmal ihren Kopf auf die schmierige Tischplatte fallen und fängt fürchterlich zu weinen an, weint und heult wie ein Vieh ... Und da – da hab' ich auch geweint ...«

Ich schüttelte fort und fort den Kopf und musterte Hartmann ab und zu.

»Hast du eigentlich sonst gar niemanden gehabt, der dich mögen hat?« fragte ich so zwischendurch.

»Nein ... Ich bin ja ewig zerfetzt und dreckig dahergekommen und war der Bettelbub«, erwiderte er und erzählte weiter: »An dem Sonntagnachmittag dazumal hat meine

Mutter fast gar nichts mit mir geredet und angeschaut hat sie mich auch nicht ... Ich weiß nicht, ich bin seltsam unruhig gewesen und hab' mir's nicht erklären können. Ich bin in den Hof hinunter und alsdann ein wenig durch die Straßen gebummelt ... Wie ich heimkomm', sitzt meine Mutter wieder so am Tisch mit der vollen Kaffeetasse vor sich und schaut in ein Loch. ›Da‹, sagt sie und schiebt mir den Kaffee hin, ›da ... Ich hab' keinen Appetit.‹ Mitunter hat sie gestöhnt und – –«

»Sie hat das Geld zum Schuldenzahlen genommen«, fiel ich Hartmann ins Wort um diesem quälenden Erzählen ein Ende zu machen: »Und jetzt hat die ganze Geschichte mit den Abonnementsquittungen nicht mehr gestimmt?«

»Jaja, das auch«, sagte er.

»*Auch*? ... Was denn noch?« fragte ich fast bestürzt.

»Ja, stell dir vor, also am Mittwoch haben wir schulfrei gehabt und da nimmt mich auf einmal meine Mutter und geht mit mir zur ›Sonntagszeitung‹ ... Auf dem ganzen Hinweg ist sie traurig, aber schon mehr zornig gewesen und hat kein Wort zu mir gesagt ... ›Fräulein Huffinger‹, sagt sie am Expeditionsschalter weinerlich, ›ich möcht' gern mit dem Chef reden ... Ist er da?‹ Das Fräulein hat sie ein wenig schief angeschaut, alsdann mich und sagt: ›Ja, da ist er schon!‹ Weiter ist sie nicht gekommen, denn meine Mutter hat sofort zu jammern angefangen und bittet: ›Ich kann das nicht auf mir sitzen lassen ... Ich – ich – bittschön, ich – melden Sie mich, Fräu –‹. In dem Augenblick ist ein breiter Mensch mit einer Hornbrille hinter dem Schalter aufgetaucht und ›Herr Eisenhart, bittschön!‹ hör' ich meine Mutter. Der Mann beugt sich in die Schalteröffnung und sagt ziemlich abweisend: ›Ja, was wollen Sie denn?‹

›Ich möcht' bloß Rücksprach' nehmen wegen dem Monatsgeld, Herr Eisenhart‹, wimmert meine Mutter und da hat der Herr gesagt: ›Na, kommen Sie draußen herein ... Gleich in mein Zimmer.‹

Wir sind an der Schalterwand entlang gegangen und meine Mutter hat an eine Türe geklopft. ›Herein!‹ höre ich und wir sind in ein großes, überheiztes Zimmer gekommen mit Polstersesseln und Kaiser- und Königsbildern an den Wänden. ›Na, also was ist's, Frau Hartmann?‹ fragt der breite Chef und runzelt vielbeschäftigt seine Stirn. Er hat an seinem Schreibtisch herumgenestelt und uns kaum angeschaut ... Und siehst du, da ist was passiert, das wenn mir einer erzählen würde, ich tät's nicht glauben ... Meine Mutter hat zu weinen und zu jammern angefangen, hat ewig bitthaft: ›Herr Eisenhart!‹ gesagt und mich zuerst vor-, alsdann wieder zurückgerissen; sie war rein wie nicht recht im Hirn. ›Da, da ist er jetzt, der Lausbub!‹ heult sie: ›Ich hab' ihm extra noch streng aufgetragen, paß mir auf das Geld auf, aber – also, ich kann nichts dafür, ich schau ja, Herr Eisenhart, ich hab' doch immer meine Pflicht und Schuldigkeit getan, Herr Eisenhart!‹ Und wie ich so ganz dumm und stur dastehe, schreit sie auf einmal: ›Du Lausbub, du elendiger, wo hast du denn das Geld? ... Herrgott! Herrgott! Du elendiger Hundskrüpp'l ... Hab' ich's nicht – ‹ Ich hab' nichts weiter gehört, sie hat in einem fort auf mich eingehauen und geschrien und geheult und mich beschuldigt. Ich war so baff, daß ich nicht ein Sterbenswort herausbringen hab' können ... Sie hat immer wilder und immer zerknirschter gefleht.

›Ja‹, sagt Herr Eisenhart: ›Wissen Sie, Frau Hartmann, so kleine Kinder läßt man aber auch nicht kassieren! ... Wenn Sie schon krank waren, so sollten Sie's eben gemeldet haben!‹

›Hja, hja, ich hab' Angst gehabt, ich verlier' die Arbeit, Herr Eisenhart ... Er hat mir ja schon öfters kassiert und hat's immer ordentlich heimgebracht, bloß dieses *eine* Mal! Ich schau schon, Herr Eisenhart! Ich bring' alles wieder in Ordnung!‹ hat meine Mutter geweint ... Sowas Verstörtes hab' ich in meinem Leben nicht mehr gesehen! ... Ich hab' auch geheult und – komisch – die ganze Zeit hab' ich denken müssen: Hm, zuerst ist sie so nett gewesen ... Ich bin so herumgelaufen und hab' mich so gefreut, daß ich soviel Trinkgeld heimgebracht hab' und jetzt, jetzt! ....

›Warum hast du denn nicht aufgepaßt, dummer Junge!?‹ hat der Herr Chef mich angeredet, ich hab' hingeschaut, es hat mir was auf der Gurgel gesessen, aber schon hat mir meine Mutter wieder eine hineingehaut und: ›Elendiger Lausbub!‹ geheult, solang bis der Herr Chef weich geworden ist, solang ... ›Na, also, Frau Hartmann, ich probier's nochmal mit Ihnen, aber – Kinder schicken, das darf natürlich nicht mehr vorkommen!‹ sagt Herr Eisenhart und direkt hündisch dankend ist meine Mutter mit mir abgezogen –«

»Kassiern, meine Herren ... Es ist ein Uhr!« sagte der Kellner am Tisch auftauchend: »Einen Kaffee – vierzig ohne!« Hartmann zahlte, ich zahlte.

»Hja, so geht's!« sagte mein Freund und stand auf, schlüpfte in seinen Mantel und nahm seinen Hut. Schweigend zog auch ich mich an. Wir verließen das Lokal. Es war ziemlich still auf der Straße, die Nacht war stumpfschwarz und feucht, ab und zu stolzierte eine Dirne vorbei und schielte nach uns.

»Ein ekelhaftes Wetter!« murmelte Hartmann und schlug seinen Mantelkragen hoch. Er war heiter, trippelte ein wenig hin und her und streckte mir die Hand hin: »Servus!« Ich wollte irgendetwas sagen.

»Drum eben – wie ich immer sag, Freund! ... Man darf nichts glauben, nichts glauben!« sagte er ohne die geringste Geschmerztheit, sagt's und ging.

Tja – was ist nun eigentlich Schwermut?

Ich tappte durch die triste Nacht und es klang ewig und ewig in meinem Hirn dieses »nichts glauben, nichts glauben!« – – – –

Der Schmalzerhans

Seht, da kommt der Schmalzerhans! Ah, der Schmalzerhans, der Johann Baur, unser Gemeindediener und Nachtwächter?! Das heißt – nein, nein! – er kommt nicht mehr so daher, er ist schon lang gestorben, aber mir geht er nicht aus dem Sinn. Ich sehe ihn ewig und ewig aus dem niederen Gemeindehaus am Bergrand herausgehen. Seine Holzschuhe klappern über die paar abgetretenen Ziegelstufen herab, er bleibt hüstelnd stehen, schaut über den See nach Starnberg hinüber, prüft das Wetter am Himmel, stößt seinen knorpeligen Gehstecken fester auf den Boden und trottet gemütlich das schmale Fußweglein entlang auf die Straße hinunter. Da hält er wiederum inne und schnauft rasselnd. Wie immer, fängt er mit sich zu reden an.

»Da Hans geht jetz zon Beck' auffi! . . . Da Hans geht jetz auffi zon Beck und kaaft si' a poor Glasl Schnaps . . . Jajaaa, da Hans kaaft si' a poor Glasl Schnaps bei'n Beck' drobn«, sagt er brümmelig: »Da Hans werd jetzt auffigeh zon Beck' und werd si' a poor Glasl Schnaps kaafa . . .«

Die Straße nach Oberberg hinauf steigt ziemlich steil an. Bei jeder Wasserrinne rastet der Schmalzerhans, stützt sich auf seinen Stecken und alles wiederholt sich: Das Schnaufen, das Reden, das Hinüberschauen nach Starnberg und das Wetterprüfen am Himmel. – –

Es hat eine Zeit gegeben – ich weiß es nicht mehr, aber mein Vater selig und meine Mutter haben es oft erzählt – da war der Schmalzerhans sehr gut gestellt. Seine Vatersleute wie gestorben sind, haben ihm das Anwesen neben unserer Bäckerei hinterlassen, das jetzige Windlhaus. Er ist der Älteste gewesen, seine Brüder haben hinausgeheiratet, der Schmalzerhans aber verwirtschaftete langsam das schöne Sach'. Mein Vater schimpfte ihn, das Dorf schimpfte ihn, der Hans regte sich absolut nicht auf.

2 *Schmalzer:* Schnupftabak.
15 *zon Beck' auffi:* zum Bäcker rauf.

»Da Hans hot's nu nia net mit den vuin Zeig g'habt . . Da Hans hot's net g'habt damit, nana, da Hans mog net sovui! . . Da Hans kimmt scho weita«, sagte er auch damals schon, wenngleich er erst fünfundzwanzig Jahr' alt war.

Dazumal ist gerade der König nach Berg gekommen, der so beliebte König Ludwig der Zweite, welcher durch sein Hiersein und hauptsächlich dadurch, daß er sich bei uns ertränkt hat, unser Dorf zu einem vielbesuchten, erfolgreichen Fremdenort gemacht hat. Und – wie es schon heißt: »Die dümmsten Bauern haben die größten Kartoffeln« – dieses Ereignis zog ein anderes Ereignis im Leben des Schmalzerhans mit sich. Nämlich unser unvergeßlicher König hat schmucke, junge Mannsbilder für sein Leben gern gehabt. Einmal geht er durch das Dorf Oberberg, alles grüßt ihn devot, macht Kniefälle und küßt ihm die Hand. Er sieht den Schmalzerhans, geht schnurstracks auf ihn zu und – was ist's?

Der Hans ist daraufhin Hilfskammerdiener im königlichen Schloß geworden. Von dieser schönen Zeit her hat er noch die vielgeflickte, blaue Litewka, die er Tag für Tag trägt. Lang war er nämlich nicht Hilfskammerdiener, gar nicht lang. An einem Tag, als der König mit seiner engeren Leibdienerschaft nach Hohenschwangau fuhr, hat sich der Schmalzerhans ins Bett Seiner Majestät gelegt. Bloß so aus Neugier, wie sich's da liegt. Wie aber der Teufel sein wollte, bald hat er rasselnd geschnarcht und plötzlich wurde die breite Schiebetür aufgestoßen – der König war zurück. Es läßt sich denken, wie alles endete. Mein Großonkel, der Kastenjakl, hat selbiger Zeit eine lustige Zeichnung gemacht, die insgeheim im Dorf von Hand zu Hand ging: Der Schmalzerhans fliegt im großen Bogen aus dem Schloß heraus. So ungefähr wird es schon gewesen sein.

Indessen, der Hans ist seltsamerweise nicht bestraft worden und ging durch diesen Vorfall auch nicht unter. Er

1 *Da Hans hot's nu nia net mit den vuin Zeig g'habt:* Der Hans hat noch nie viel Wert auf all die Sachen gelegt.

logierte wieder in seinem verkauften Haus, auf dem Juchhee (Speicher) droben, in einer elendig kleinen Kammer, kam als Taglöhner in die Hofgärtnerei und mußte bloß aufpassen, daß er dem König nie zu Gesicht kam.

Mit der Zeit wurde er alt und älter, zum Schluß bekam er die Invalidenrente und die Gemeinde mußte ihn erhalten. Soviel mir erinnerlich ist, hat er bald in dem, dann wieder in jenem Haus das Mittagessen bekommen, und weil sich's grad so traf, so gab man ihm im Gemeindehaus freies Logis, wofür er Nachtwächter und Gemeindediener wurde. Dieser Beruf war wie für ihn geschaffen. Hin und wieder etwas einsagen, während der Nacht mit dem verrosteten Spieß herumgehen und Sonntags, zur Hochamtszeit, aufpassen, daß kein Strolch in die verlassenen Häuser einbrach – das besorgte er mit der unwandelbaren Gleichgültigkeit, die ihm angeboren war. Einbrüche und Brandlegungen ereigneten sich oft, der Hans aber hat nie so etwas gesehen oder gar verhindert. Selbstredend schimpfte ihn der Bürgermeister alsdann, aber das rutschte alles an ihm ab. Er hörte bloß das und sah bloß das, was ihm recht war. »Da Hans tuat sei Pflicht und Schuidigkeit . . Da Hans loßt si' net o'schaugn . . Da Hans tuat oiwai sei Pflicht und Schuidigkeit«, erwiderte er auf die wütenden Ausfälle des Bürgermeisters und der Leute. Keine Falte in seinem Gesicht änderte sich.

Johann Baur, der Schmalzerhans, kümmerte sich um nichts und niemanden. Für ihn lief die Welt allein und er allein, basta.

Auch für Guttaten war er nicht sonderlich eingenommen. Ja, er ließ sich schließlich von meiner Mutter schon die Litewka, den davor gebundenen blauen Leinschurz oder die Hose flicken, wär's aber nicht geschehen, hätte er auch nichts dagegen gehabt. Alljährlich zu Weihnachten stiftete ihm die Gemeinde neue Holzschuhe, ein Hemd und einen frischen Schurz. Er legte all diese Geschenke in seine verstaubte Kommode. Dort vermoderten sie.

21 *Da Hans loßt si' net o'schaugn:* Der Hans läßt sich nichts vorwerfen.

Es gab auch Leute, die ihn sozusagen »richten« wollten, ihm gut zuredeten. Die konnte er gar nicht leiden. Er ließ sie ruhig reden, stimmte ihnen sogar zu, indem er allerhand übliche Redensarten machte. All das aber half nichts bei ihm. Er blieb wie er war. Er war sich selbst vollauf genug. Er ging herum, er hockte herum, er unterhielt sich am liebsten mit sich selbst.

»Jeder Mensch hat eine Seele«, haben wir alle gelernt. Wenn man all die Menschen anschaut und so etwas glaubt, kann man erschrecken. Infolgedessen aber muß auch der Schmalzerhans eine Seele gehabt haben, sicher, ganz sicher.

»In der Seele wohnen all unsere Wünsche und Hoffnungen«, pflegte unser Lehrer zu sagen.

Inwendig im Schmalzerhans wohnten auch zwei Wünsche und Hoffnungen: Erstens, daß er nur ja jeden Tag seine zehn bis fünfzehn Gläser Kornschnaps und stets eine volle Schnupftabaksdose haben möchte. Und zweitens, daß, wenn sein bißchen Geld zu Ende war, die »Beckin« – meine Mutter – ihm doch ewig borgen möchte. Mit dieser »Seele« wurde der Schmalzerhans ungewöhnlich alt. So alt, daß man ihn auch nicht mehr als Nachtwächter und Gemeindediener brauchen konnte. Er trank jetzt überhaupt nur mehr Schnaps und schnupfte.

Bauern im schönsten Leben, junge, hoffnungsvolle Menschen, gut verheiratete Bäuerinnen, geachtete, wertvolle Leute mußten sterben. Hätte es da nicht besser den Schmalzerhans treffen können? Keiner wär' darob in Trauer versetzt worden, niemandem hätte das geschadet, und die alte Pauligen mußte auch schon von der Gemeinde erhalten werden, das Kammerl im Gemeindehaus drunten wäre dann frei geworden für sie.

Ärgerlich sowas: Ewig so ein Mensch da, zu nichts nutz und jeden Tag mit einem halben oder ganzen Rausch.

Der Schmalzerhans spürte dies wohl. Jeden Tag in der Frühe ist er zu uns in die Stube gekommen.

»Guat Morg'n, Beckin! Guatn Morgn, Beck!« sagte er. Er hat sich hingesetzt auf den Stuhl am kleinen Tisch in der

Ecke, über das Wetter hat er geredet und seinen Kornschnaps hat er getrunken. Für und für, Jahre und Jahre.

»Jaja, da Hans soit hoit jetzt boi verrecka . . Da Hans soit verrecka«, murmelte er oft und oft. »Aber da Hans verreckt it . . . Da Hans verreckt it . . Nana, verrecka tuat der Hans absalut it . . Da Hans verreckt hoit ganz einfach it . .«

Pudelwohl war ihm, sein vielzerfaltetes, stubenfarbiges Mopsgesicht hatte etwas Grundzufriedenes.

»Da Hans mog it verrecka . . Nana, grod it! . . Da Hans verreckt hoit it, wenn sie's glei gor so gern sehng tatn . . Da Hans verreckt it«, wiederholte er ohne jeden Groll auf die Leute, die so sehr seinen Tod herbeiwünschten, es war bloß so, als sage er sich's immer und immer wieder ein, daß er nicht sterben müßte.

Die Leute warteten und warteten, ärgerten und ärgerten sich, aber der Schmalzerhans lebte ewig weiter. Mein Vater mochte ihn gern, wir alle konnten ihn gut leiden. Er gehörte schon fast zu unserem Haus.

Der Bürgermeister kam einmal daher und verbat sich, daß dem Schmalzerhans weiterhin Schnaps gegeben werde. Mein Vater schimpfte wie ein Rohrspatz.

»I bin i!« schrie er zuletzt fluchend: »Und wen i mein' Schnaps gib, dös geht enk an Dreck o! Kreizkruzifix-kruzifix-Herrgottsakrament-sakrament!«

»Wenn er wirkli in sei'm Rausch amoi tot umfoit, da Hans, nachha foit auf *di* d' Verantwortung!« rief der Bürgermeister, und das brachte meinen Vater ganz außer Rand und Band.

»O, du scheinheiliga Tropf, du! . . . Oes seid's ja froh, wenn er stirbt!« schrie er bissig und fing derart zu fluchen an, daß der Gemeindevorstand einfach davonging. Meine Mutter war sehr betrübt über die Verfeindung. Sie mochte das Streiten nie.

Und – grad als wie wenn sich Warnung und Unheil urplötzlich die Hand gereicht hätten – wirklich kam der Hans etliche Tage darauf nicht mehr zu uns. Schwerkrank lag er in seinem dreckigen Bett, fieberte und phantasierte. Die Reindlin kam zum Bürgermeister. Der fuhr den Hans ins

Krankenhaus nach Starnberg hinüber. »Schwere Influenza und Altersschwäche« war der Befund und – die Gemeinde mußte die Kosten für die Behandlung aufbringen.

So, in Gottesnamen, dachte man getröstet und hoffte: Jetzt wird er schon einmal in die Ewigkeit hinüber müssen, der überflüssige Schnapssäufer.

Im ganzen Dorf hieß es, schuld sei bloß der Bäcker Graf, weil er dem Hans ewig Schnaps gegeben habe. Mein Vater machte ein ärgerliches Gesicht. – –

Aber – warte auf nichts, es wird immer anders!

Volle dreiviertel Jahr verbrachte der Schmalzerhans im Krankenhaus Starnberg und gesund wurde er wieder, gesund wie ehedem. Alle Dorfgesichter wurden lang und trübselig. Mein Vater freute sich. Der Hans kam heim und sein erster Gang war zu uns. »Hans! .. Schmoiza! .. Dös-dös host guat gmacht!« empfing ihn mein Vater und wollte ihm gleich zur Feier des Tages ein Doppelglas Korn schenken. Aber – wunderbar ist nichts dagegen – der Hans lehnte zum ersten Male ab.

»Wo-wos, du mogst koan Schnaps nimma? Du ..?« fragte mein Vater bestürzt.

»Da Hans hot si' dö Gschicht an Krankahaus o'gwöhnt ... Da Hans mog bloß no a Milli (Milch) ... Da Hans sauft jetz Milli ... Milli sauft da Hans!« sagte der Schmalzer und – auch zum ersten Male – sein Gesicht faltete sich zu einem unhörbaren, leichten Lächeln: »Milli sauft er, der Hans, nix ois wia Milli ... Grod mit Fleiß verreckt er it, da Hans, weil sie's gor so gern sehng tatn ... Da Hans sauft Milli ... Da Hans verreckt no lang it! ... Nana, da Hans tuat dös it .. Weitalebn tuat er, der Hans! .. Da Hans lebt weita!«

Mein Vater begriff nicht, vermutete einen Witz. Meine Mutter brachte eine Halbe Milch und der Schmalzerhans trank sie mit vollstem Behagen. Jetzt lachten wir allesamt aus vollem Halse.

15 *Schmoiza!:* Schmalzer!
22 *o'gwöhnt:* abgewöhnt.

Etliche Tage darauf schickte der Bürgermeister durch uns Schulkinder ein Schreiben an meinen Vater, das besagte, daß »laut bezirksärztlicher Anordnung und gemeindlicher Befürwortung dem derzeitig aus dem Krankenhaus als geheilt entlassenen Gemeindearmen Johann Baur, Schmalzerhans in Berg, weder Schnaps noch sonstige alkoholische Getränke verabreicht werden dürften.«

»Do schaug, Schmoiza, do schaug«, sagte mein Vater zum Hans, der jetzt täglich statt vor dem Schnapsglas vor seiner Halben Milch am Ecktisch hockte: »Do schaug, wos dö hoch' Obrigkeit üba di' beschloss'n hot.« Er las ihm das Schreiben vor und beide lachten.

»Woaßt wia iahna dös schwaar o'kimmt«, sagte mein Vater boshaft. »Am liabern tatn s' dir doch glei wieda Schnaps saufa lossn, sovui, daß d' morgn scho verreckerst ... Hahaha, sowos Scheinheiligs, hahah!«

»Nana, dö braucha koa Angst it hobn, nana ... Da Hans mog bloß no a Milli ... Da Hans verreckt absolut it!« brümmelte der Hans wieder.

Zwei volle Jahre hielt er sich dran. Keinen Tropfen Schnaps trank er mehr. Pumperlgesund ging er jeden Tag aus dem Gemeindehaus zu uns herauf. Einige Wochen, nachdem er aus dem Krankenhaus herausgekommen war, war er rundherum sauber, dann fing seine alte Schlampigkeit wieder an.

Und die Dorfleute kochten insgeheim vor Wut. Himmelherrgott, nicht starb er!

Die bezirksärztliche und von der Gemeinde befürwortete Verordnung wurde langsam vergessen. Wenn schließlich einer sich zwei Jahre dran hält, weicht er so leicht nicht mehr davon ab.

Der Schmalzerhans hatte an einem Tag wieder einen Schnapsrausch, am zweiten abermals, er soff wieder, soff wie ehedem. Die Leute sahen es wohl, aber sie sagten gar nichts, sie hofften nur noch.

13 *Woaßt wia iahna dös schwaar o'kimmt:* Du weißt, wie ihnen das schwerfällt.

14 *Am liabern:* Am liebsten.

»Jetz tuat er mir wieda woi, der Kornschnaps ... Da Hans mog jetzt koa Milli nimma ... jetz tuat an Hans da Schnaps wieda guat«, sagte er. Auch zu uns kam keine Beschwerde.

Erst sieben Jahre darauf starb der Schmalzerhans ganz plötzlich, aber eines natürlichen Todes. Er legte sich ins Bett und schlief ein für immer. Er lag drinnen in den muffigen Decken und Kissen mit einem friedlichen Gesicht. Eine einsame Fliege saß auf seiner blassen Nase und summte.

Arm wurde er begraben. Wenig Leute gingen mit im Leichenzug. Im Gottesacker zu Aufkirchen liegt sein Grab. Es ist verwachsen und die umliegenden Grabstätten der Vermöglichen verdrängen es. Stünde nicht immer noch das schiefe, ganz und gar verrostete eiserne Kreuz, niemand würde es erkennen. Alle Jahre vor dem Allerseelentag pflanzt meine Mutter übrige Tag- und Nachtschattensträucher drauf, besprenkelt das kleine Stück Erde mit Weihwasser und betet ein stilles Vaterunser.

Der Malzzucker

Das war zutiefst im Winter, lang nach Weihnachten. Ich bin dazumal noch in die Schule gegangen und kann acht oder neun Jahre alt gewesen sein, als sich unsere Großmutter hat hinlegen müssen.

Ich kann mich noch gut erinnern. Der Kranken muß es vorgegangen sein, daß es jetzt in die Ewigkeit geht, denn sie wollte sich absolut nicht ins Bett legen. Kranke, wenn sie eigensinnig sind, denen gibt man gern nach. Also hat man sie in den großen Sorgenstuhl gesetzt, Kissen hinter ihren Rükken hineingestopft und vorne, von einem Lehnenvorsprung zum andern, ein breites Leintuch gebunden, damit sie nicht herausfallen hat können. – –

Ich hab' schon als Kind so mollig-warme Stuben lieber gehabt als das Freie. Und um diese Zeit natürlich, wo unsere Spielsachen von Weihnachten her noch nicht ganz demoliert waren, sind wir Geschwister meistens tagsüber in der »Großmutterkammer« gewesen. Anfangs wollten es Vater und Mutter nicht dulden. Sterbende aber mögen nicht gern allein sein. Unsere Großmutter war schon fast achtzig und ganz wie wir Kinder. Sie verlangte stets nach uns. Sie plapperte einfältig mit uns, sie lachte über dasselbe wie wir, ihre kleinen Freuden waren die unsrigen. Und da durften wir also in Gottesnamen jeden Tag zu ihr.

Das ging jetzt immer so: Wenn die Schule aus war, rannten wir wie um die Wette den verschneiten Hügelweg herunter, kamen schnaufend und dampfend zu Hause an, würgten das Essen hinunter und stürzten über die Stiege hinauf, in die Großmutterkammer.

Eigentlich erkundigten wir uns nicht einmal, wie es der Kranken gehe, und das schien ihr auch weiter nichts auszumachen. »Soso – so – so, seid's jetz wieda do .... Soso .. Heunt hot's aba Schnee draußn ... Soso, koit is's, so – so,

33 *Heunt:* heute.

Kinderlen, ja – ja«, brümmelte sie und wir sagten auch ein paar ähnliche, gleichgültige Worte. Dann fingen wir zu spielen an. Ich stellte meine Bleisoldaten auf dem Zimmerboden auf, mein Bruder Lorenz legte sich flach hin und zeichnete in einem fort auf große, weiße Einwickelpapierbogen Landkarten, zog Schiffahrtslinien, entdeckte oder eroberte unbekannte Erdgebiete. Maurus, der älteste, las meistens in der »Guten Stunde« oder in der »Gartenlaube« und meine Schwestern beschäftigten sich mit Puppen und Kinderwagen.

Es war wunderbar gemütlich. Schon in der Schule freuten wir uns auf diese Stunden und hatten alle durchaus den Wunsch, dieses Kranksein von der Großmutter möchte nur ja um Gotteswillen nicht aufhören. Sonst nämlich durften wir höchstens drunten in der geräumigen Wohnküche spielen und da kamen alle Augenblicke lang Vater oder Mutter daher und verlangten dies und das von uns. Da heroben aber gab es das alles nicht, da waren wir völlig ungestört.

»Kinderlen! Geh' seid's a bißl ruahiga!« oder »Geh, Resei, gib mir's Wassa!« Das waren die wenigen Wünsche der Kranken. Unseretwegen also hätte das ewig so fortdauern dürfen.

Aber es war auch noch etwas, etwas ganz anderes, was uns zur Großmutter hinzog und was uns hinwiederum geradezu gierig wünschen ließ, sie möchte doch recht bald sterben. Nämlich – das Tütchen Malzzucker, das sie ständig hinter ihren Kissen stecken hatte. Sie lutschte den ganzen Tag an so einem Stück und – sie hat uns wirklich sehr gern mögen, besonders meine Schwestern – mit diesem Malzzucker, da war sie der reinste Geizhals, unsere Großmutter. Bettelten wir sie einmal drum an, so wurde sie zuerst mürrisch, schließlich ganz traurig und zum Schluß weinte sie gar darüber wie ein beleidigtes Kind. Sie verdarb uns damit oft und oft alle Stimmung. Nicht um alles in der Welt gab sie uns je ein Stück Malzzucker, absolut nicht.

Bei solchen Gelegenheiten fingen wir alsdann zu streiten an und beschuldigten uns gegenseitig. Heimlich aber ärgerten wir uns alle bloß, weil wir wieder einmal nichts erreicht hatten.

Wenn aber ein Mensch – und bei Kindern ist das alles noch viel stärker – nur einmal durch Zufall auf ein Verlangen gebracht wird, ist's schon aus mit seiner Ruhe. Je mehr wir sozusagen der Verführung ins Netz gingen, desto mehr dachten wir darüber nach, wie wir den Malzzucker kriegen könnten.

Gott hab' sie selig, unsere Großmutter, aber im Wachen über ihren Malzzucker war sie der reinste Satan.

Und – vielleicht kam das gerade davon – wir natürlich wurden zu guter Letzt immer noch gieriger. In uns allen war nur noch *ein* Drang und *ein* Wunsch: Wie erwischen wir den Malzzucker.

Wir sagten's einander nicht, nein, nein, wir redeten nie davon, aber wir lasen's uns gegenseitig aus den Augen. – –

Endlich einmal wieder, als unsere Großmutter langsam einzunicken schien, griff Lorenz ganz sacht hinter die Kissen. Er tat's und wir schauten alle wie gebannt auf ihn. Jetzt – jetzt mußte er die Tüte erreicht haben. Das Herz hörte uns allen zu schlagen auf. Lorenz grub seinen Arm noch tiefer in die Kissen.

Und was glaubt ihr, was in diesem Augenblick geschah? –

Die Kranke reckte sich plötzlich, es riß sie zurück und wieder vor, dann sank ihr alter Kopf auf die Brust. Lorenz zog schreckblaß die Hand zurück und blieb starr stehen. »Du! Du!« fuhr meine Schwester Emma ihn an und sah mit tiefster Verachtung auf ihn. Wir alle starrten und glotzten und konnten uns nicht mehr rühren. Mir saß etwas wie eine würgende Kugel auf der Gurgel, ich wollte schreien und konnte es nicht, denn jetzt zuckte der ganze Körper der Großmutter noch einmal, ihr Kopf ging in die Höhe und fiel wieder herab, wir sahen ihre weit offenen, verdrehten Augen, ihr Unterkiefer klappte herab. »Ö–ö–ö–öhchch–ch!« machte sie und rührte sich nicht mehr. –

Ich habe in meinem Leben schon allerhand Ängste durchlebt, aber *die* Angst, die wir dazumal alle zusammen gehabt haben, war die furchtbarste.

Unsere Großmutter hing steif herunter. Wir wußten es alle: Sie war tot. Keiner von uns sagte es, keiner tat irgendeinen Muckser, wir atmeten kaum, wir warteten bloß so, wie wir waren.

An diesem Tag habe ich zum erstenmal erfahren, daß der Mensch das Verlogenste und Scheinheiligste ist, was auf Gottes Erdboden herumläuft. Und wenn es von Kindern immer so schön heißt, bei ihnen liegt das Menschliche alles offen und natürlich da, dann stimmt das wohl. Besonders im Hinblick auf den vorhergehenden Satz.

Einige Minuten nachher nämlich hörten wir die Tritte meiner Mutter die Stiege heraufkommen und sofort – wie verabredet – belebten wir uns alle zugleich und spielten wieder mit einem so arglosen Eifer, als sei gar nichts geschehen. Mit Gewalt gaben wir uns heiter und – es gelang uns völlig. Unsere Mutter kam herein, sah die steife Großmutter und rief aufgeregt: »Ja! Jaja, um Gottswuin, ja! Ja worum sogt's denn nix? . . . Ja – ja, dö is ja tot, dö is ja gstorbn!«

Und wir? Wir sagten nichts, schauten verlegen und verwundert auf unsere Mutter, schnitten betroffene Gesichter, falteten aber dann gewohnheitsmäßig die Hände und fingen zu weinen an . . .

Es kann möglich sein, daß wir aus Schuldbewußtsein weinten, aber, wenn ich ganz ehrlich sein soll, ich, ich wenigstens dachte an nichts anderes als an den Malzzucker.

Als meine Mutter draußen war, haben wir ihn dann doch herausgezogen, zwar zögernd und gar nicht mehr gierig, wahrscheinlich, weil uns allen doch sehr unbehaglich zumut war. Und wir versteckten ihn und später teilten wir untereinander vor dem Zubettgehen in aller Heimlichkeit. –

Oft, sehr oft in meinem späteren Leben hab' ich an die Geschichte denken müssen und immer, wenn ich so furchtbar weinend Trauernde um einen Toten sehe, muß ich mich ärgern über das Geflenne.

Denn im Grunde wird's sicher genau so sein wie damals bei uns Kindern. Ob es nun der Malzzucker oder etwas anderes ist, bleibt sich ziemlich gleich . . . .

Tick-tick-tick-tick

I

Einige Jahre vor dem Kriege hatte der Witwer Emil Sporer die Witwe Auguste Watschler geheiratet. Er war damals ein noch sehr rüstiger Fünfziger und sie stand in der Mitte der Vierzig, ging zwar schon ein wenig in die Breite, aber machte noch immer eine sehr stattliche Figur. Alles traf sich ausnehmend gut. *Sein* einziger Sohn Georg war bereits Redakteur einer großen Tageszeitung und hatte sich ebenfalls vor kurzem reich verheiratet, *ihre* drei Töchter waren Ehefrauen tüchtiger Männer und längst versorgt. Als eigentliche Erbinnen des Watschlerschen Mietshauses, das in bester Lage der Stadt stand, hatten sie beim Ableben ihres Vaters der Mutter zeitlebens das alleinige Nutznießungsrecht überlassen und änderten diese Regelung auch jetzt nicht. Sporer gewann also allerhand und konnte zufrieden sein. Er brachte einige tausend Mark mit in die Ehe und war Vertreter der ältesten, angesehensten Tuch- und Wollwarenfirmen am Platze. Sein Geschäft ging gut, jedes Jahr konnte man einen zweimonatigen Urlaub in einem billigen Bad verbringen, jede Woche zwei- oder dreimal ins Theater gehen und brauchte sich auch sonst nicht einzuschränken. –

Krieg, Revolution und Inflation überstanden die Eheleute ohne Trauerfall und ohne allzugroße Erschütterungen, schlecht und recht und gewissermaßen wie eine unüberdenkbare, gehetzt dahinjagende Zwischenzeit, die gerade deswegen, weil man sich jeden Tag umstellen mußte, lebendig und gelenkig erhielt. Gewiß, es gab Kümmernisse und Sorgen wie überall, es gab Krankheiten im engeren und weiteren Bekanntenkreis, es gab Mißgeschicke und Reibereien aller Art; Auguste konnte sich als passionierte Hausfrau und ausgezeichnete Köchin nicht recht umgewöhnen, war leicht beleidigt, brauste wegen jeder Kleinigkeit auf und fiel mitunter wegen ihrer Zänkereien mit dem Dienstmädchen, mit Krämern, Metzgern und Lieferanten arg auf die Nerven, aber Sporer ließ sie reden und reden und fand als sozusagen schon einmal geprüfter Ehemann immer wieder die Finte, den Frieden zu erhalten. Die zwei Leute stritten sich zusammen, wurden unmerklich alt und älter und ruhig. Er ging seinen Geschäften nach und ließ sie im Hause herrschen. Vormittags besuchte er Kunden und Lieferanten, kam heim zum Essen, machte sein gewöhnliches Schläfchen, trank alsdann Kaffee und arbeitete hernach im nebenan liegenden Büro bis abends um acht Uhr. Die Arbeit war immer die gleiche und er bewältigte sie ohne Mühe. Altmodisch wirtschaftete er mit Federhalter und einer alten Kopiermaschine – ohne Schreibmaschine und Hilfskraft – weiter, denn er fand: Je mehr Gerät und Aufwand, um so sichtbarer wird der Geschäftsgang und – trau, schau wem! – er ließ sich nicht ins Verdienen hineinschauen. Außerdem war es stets eine Art Erholung, so ganz für sich in diesem stillen Raum seine Stunden zu verbringen. – – –

Seit vier oder fünf Jahren lief dieses Leben Sporer und Auguste dahin, wie ein geruhsamer Bach durch sanfte Wiesen. *Sie* wurde trotz ihrer unablässigen hausfraulichen Vehemenz immer dicker und machte ihrem Namen alle Ehre – sie watschelte zuletzt daher wie eine gutgemästete Ente. *Ihm* schmeckte das Essen allemal, er bekam ein Bäuchlein, so beweglich wie ein Junger lief er mit seinen Musterkoffern herum, die Luft und die Rast schlugen gleichermaßen bei ihm an, er sah noch ausgezeichnet und brauchte nur beim Lichtschein eine Brille, seine Gedanken liefen folgerichtig, kein einziges graues Haar und kein Anflug von Glatze zeigten sich auf seinem Kopf, er war beinahe schon siebzig und lebte noch, lebte, lebte, als sei überhaupt nie eine Zeit vergangen. –

Im heurigen Frühjahr kam wieder einmal die jüngste Tochter Marie zu den Alten auf Besuch und das war immer ein freudiges Ereignis. Schon eine Woche vorher fing Auguste zu stöbern an, richtete das vordere Zimmer für die Ankommende, regierte und regierte atemlos herum und erdachte alles mögliche.

»Und du, Vatichen, Vat'chen?« flötete sie am Ankunftstag zärtlich: »Nicht wahr, Vat'chen, du tust mir den Gefallen! – Du holst Märchen allein ab.« Sie war schweißbedeckt und freude-erregt, auf ihren leicht geäderten Backen standen rote Flecken und Sporer mußte sie ein wenig beruhigen. Auch er freute sich, denn gerade diese Tochter hatte er besonders gern. Sie war die jüngste und klügste, brachte durch ihre freundliche Lebhaftigkeit Abwechslung ins Haus und man konnte mit ihr über alles reden. – –

Sporer machte sich auf den Weg. Es war ein ziemlich heißer Nachsommertag. Im lärmenden Bahnhof wogte das verwirrende Getriebe. Der Zug lief pünktlich ein. Schon von weitem winkte Marie aus dem Coupéfenster und hastig schritt ihr Sporer entgegen. Lachend drückten sich die zwei die Hände. Marie rief einem Kofferträger. »Ach was – was – was! Her, her damit! Her da! Wir fahren sowieso gleich mit dem Auto nach Hause! Komm, gib her!« wollte Sporer sich dagegen verwehren und griff schnell in die Höhe nach Maries Handkoffer, griff, reckte sich und spürte plötzlich – es fiel etwas wie eine plumpe, schwere, fleischige Kugel vom Hals hinab in seine Herzgegend, ein Ruck war es, um seinen Kopf legte es sich wie jäher, dichter Nebel, ein Schwindel fiel ihn an, ganz steif umklammerte er den Ledergriff und die geringe Last schien zentnerschwer. Er ließ sie fast fallend auf den staubigen Boden sinken und war froh, daß Marie, die mit dem Träger verhandelte, nichts gemerkt hatte. Er raffte sich mit aller Kraft zusammen, spürte ein leises Zittern über seinen Körper laufen und erholte sich endlich wieder. Er sagte nichts mehr und ließ den Träger voraus gehen. Jetzt, als Marie ihm einen flüchtigen Kuß auf die Stirn gab, war er schon wieder ganz gefaßt und nahm den Handkoffer ohne Beschwernis vom Boden auf. »Blaß siehst du aus, Onkelchen? ... Ist dir nicht gut?« fragte Marie während des Dahingehens und fügte lind vorwurfsvoll hinzu, es sei unrecht von ihm gewesen, sich die Mühe des Abholens gemacht zu haben, sie wär' doch, weiß Gott, kein Kind mehr und leicht allein nach Haus gekommen. Sporer aber wehrte sich in einem fort, schüttelte immer wieder den Kopf und plagte sich zu einer Heiterkeit, so daß sie nicht mehr davon redete. Im Auto war er schon wieder der Alte, redete und redete und lachte mitunter lustig. – –

Seit dieser Zeit konsultierte Emil Sporer insgeheim allerhand Ärzte. Keiner konnte ein richtiges Kranksein bei ihm herausfinden, fast alle äußerten sich ungefähr so wie der Hausarzt Doktor Lederer, den er am Tage nach Maries Ankunft aufsuchte.

»Na, na, da woll'n wir mal nachschaun!« sagte der professoral aussehende, vollbärtige, glatzköpfige, bebrillte Doktor und untersuchte den käsweißen, sehr wenig behaarten, vielfach von kleinen, blauen Äderchen gezeichneten Körper. Er horchte umständlich die Herz- und obere Rückengegend ab, prüfte den Puls, beklopfte die Lungenwände, stellte Knie- und Augenreaktionen fest und richtete sich endlich vertrauensvoll auf.

»Nein!« sagte er und schüttelte selbstsicher den Kopf: »Nein-nein, mein lieber Herr Sporer! Da ist gar nichts zu befürchten ... Bei so einer Bullenhitze mal einen kleinen Schwindel, das kann jedem passieren ... Ich bin vollauf zufrieden mit Ihnen ... Das Herz ist noch ganz gut intakt, an Lunge und Niere nichts ... *Ihre* Gesundheit jedem gewünscht, lieber Herr Sporer!« Und er sah dabei ein wenig lächelnd auf den nachdenklichen Patienten: »Natürlich, Sie müssen bedenken, Sie sind beinahe siebzig! Da ist's immer gut, wenn man sich ein wenig in acht nimmt ... Kaffee würd' ich Ihnen nicht mehr raten, lieber leichten Tee und zum Wein immer Sprudel ... Zwei, drei Zigarren am Tag? ... Nein-nein, das schadet Ihnen gar nichts ... Die Speisen nicht zu stark gewürzt, aber essen – viel frisches Gemüse ist gut – essen dürfen Sie alles, was Ihr Magen verträgt ...« Sporer schaute abwesend gradaus und knöpfte seine Weste ein. Der Arzt ging an den Schreibtisch und brachte das Rezept für die Apotheke: »Hier, bitte! Ein ganz leichtes Schlafmittel ... Das wird Ihnen gut tun.« Er faltete das Rezept zusammen und warf wieder einen Blick auf Sporer: »Tja, und – Sekt! ...

Trinken Sie ab und zu ein oder zwei Glas guten Sekt. Das belebt.«

Sporer schlüpfte in seinen graugemusterten Gehrock und murmelte wie für sich: »Soso, Sekt? . . . Hm, jaja, Sekt!« und dann sagte er unmerklich aufatmend: »Na, dann bin ich ja wieder ganz beruhigt . . . Nur noch eins, lieber Herr Doktor – meine Frau braucht von dieser Konsultation nichts zu erfahren . . . Sie wissen ja – u-u-und wenns wirklich nichts ist – –?« Er brach ab und sah dem Arzt flughaft forschend in die Augen.

»Aber selbstverständlich, selbstverständlich!« willigte dieser sofort ein. – –

Sporer holte die Medizin in der Apotheke und kam wie immer pünktlich nach Hause. Er unterhielt sich ein Weilchen mit Marie, man aß wie immer, er legte sich wie gewöhnlich ein Stündchen hin und man trank den duftenden Kaffee wie immer. Doch halt!

»Ich weiß nicht, Muttchen«, sagte er so ganz beiläufig während des Plauderns, »in der letzten Zeit füllt mich der Kaffee immer so . . . Davon, glaub' ich, kommt mein schlechter Appetit beim Abendbrot.« Tee, meinte er, Tee wäre vielleicht besser. »Tee soll ja zehren«, fügte er flugs hinzu. Keine Falte seines Gesichtes verriet Unruhe oder Unsicherheit. Seine Frau rief sofort das Dienstmädchen, sie und Marie wollten Tee bestellen, aber Sporer sträubte sich heftig, ja, er wurde, als die Frauen nicht nachgaben, sogar ärgerlich, leerte seine Tasse mit einem Schluck und ging rasch ins Büro hinüber.

»Verfluchte, dumme Weiber! Kaum sagt man was, schon fangen sie zu zwirbeln an! . . . Dummes Zeug!« knurrte er mürrisch und zog die Türe hinter sich zu. Er war sehr erhitzt und fühlte Schweiß auf seinem Gesicht und Körper. Er schnaubte etliche Male hart und sein Herz schlug hörbar. Schnell ging er an den Schreibtisch und setzte sich. Der Raum war angenehm kühl. Die Milchglasscheiben des Fensters verbreiteten ein beruhigendes, gleichmäßiges Licht. Sporer wischte mit dem Taschentuch sein nasses Gesicht ab, räusperte sich, goß ein Glas Wasser ein und nahm einen Schluck.

Nebenan hörte er die beiden Frauen reden, durch die Decke, vom oberen Stockwerk, drang stumpf das Rattern einer Nähmaschine, das Dienstmädchen in der Küche sang summend, eine Tür quietschte und klappte zu und jemand ging über den Hof ins Hinterhaus ...

Sporer setzte sich zurecht und zog ein Blatt Briefpapier aus dem Fach. Da fiel ihm das Medizinschächtelchen ein. Er hielt inne und lauschte. Auf einmal fühlte er wieder das starke Schlagen unter der Brust. Schwer und langsam schlug es. Schlug und schlug und zitterte im Hals und in den Schläfen nach. Kraftlos legte er beide Arme auf das Schreibtischpult und schüttelte den alten Kopf. »Hm-hm-hm!« seufzte er leise und atmete fast behutsam. Mit der Zeit legte sich eine hilflose Traurigkeit auf seine Züge. Verlassen, verloren und ohnmächtig starrte er und wurde totenblaß. Jeder Wille und Entschluß schien erstorben. Er saß reglos. Langsam vertröpfelte die Zeit.

»Hm! .. Hm-hm-hm«, machte er wiederum, raffte sich zusammen und fing zu arbeiten an. Er stellte die Kollektionen für die morgige Tour zusammen, überprüfte die Bestellzettel und Rechnungen, telefonierte an Kunden und Lieferanten und schrieb Briefe, und das beruhigte ihn.

Es ging abendzu, dämmerig wurde es und schließlich dunkel. Er knipste das Licht an.

»– und nehme ich an, daß Ihnen bei der Vergleichung der Kontoauszüge ein Irrtum unterlaufen ist«, schrieb er schwungvoll auf das glatte Papier, las den Brief von Anfang an noch einmal durch und dachte nach. Wie von ungefähr drang jetzt das leise, eilende, metallische Ticken der Taschenuhr in sein Ohr. Er wollte weiterschreiben, aber dieses Tikken wurde immer deutlicher, es kroch gleichsam wie ein flinker Käfer aus der Westentasche hinauf und zuletzt war es, als ticke es im Hirn, im ganzen Kopf. Verwirrt zog Sporer die Uhr und schaute benommen auf das Zifferblatt. Er hielt das glatte Ding in den zitternden Händen, er sah keinen Zeiger, die Zahlen verschwammen – »tick-tick-tick-tick« tat es nur immer. Gleichmäßig rasch, sausend und unbarmherzig schlug so ein winziges »tick« eine Sekunde weg, dann war es eine Minute, eine Stunde, ein Tag, eine Woche, ein Monat, ein Jahr – und Jahre! –

Es klopfte leise. Sporer fuhr erschrocken zusammen.

»J-ja?« würgte er hastig aus sich heraus und antwortete gefaßter: »Ja, bitte?« Er drehte sich halb um. Seine Frau streckte ihren Kopf durch den Türspalt.

»Emil? . . Es ist gleich acht! . . . Kommst du bald?«

»Ja, Mutt'chen! . . In zwei Minuten!« antwortete er mit gut gespielter Ruhe und beugte sich wieder wie vielbeschäftigt auf den Schreibtisch nieder. Die Türe schloß sich. Er wagte nicht mehr auszusetzen und schrieb den Brief an Amsler & Co. zu Ende.

Kurz darauf saß man um den appetitlich gedeckten Tisch und verzehrte friedlich plaudernd das Abendbrot. – –

II

Nein, Emil Sporer war wirklich nicht krank. Nicht im mindesten. Dummes Geschwätz das mit all diesen Diagnosen der verschiedenen Ärzte von wegen »geringfügiger Alterserscheinungen« und »leichter Herzschwäche«. Ein ähnlicher Vorfall wie bei Maries Ankunft wiederholte sich nicht mehr. Sporer glaubte diesen Doktoren nicht mehr, aus ihren gegebenen Verhaltungsmaßregeln suchte er sich das Einleuchtendste heraus und hielt sich daran. Auf Medizinen verzichtete er. Lustig war es, wenn er morgens manchmal mit Marie turnte. Spielend gelangen ihm die Kniebeugen. Er lachte, Marie lachte und Auguste lachte.

Die ersten Herbstregen rieselten schon hernieder, als die Tochter endlich abfuhr. Diesmal standen die zwei alten Leute auf dem Bahnsteig und redeten ins offene Coupéfenster hinauf. Auguste hatte nasse Augen und gab manchmal Wimmerlaute von sich, Sporer war aufgefrischt wie ein Bursche.

»Na, komm nur bald wieder, wenn dein Mann sowas Tiefsinniges ausknobeln muß!« rief er in bezug auf Maries Mann, der sie wegen Fertigstellung einer wissenschaftlichen Arbeit weggeschickt hatte: »Ungeniert! Ungeniert! . . . Du siehst ja, bei uns ist's immer gemütlich . .« Marie nickte lächelnd, Auguste wimmerte: »Jaja, wir freu'n uns doch immer so«, und er nahm, da der Zug jetzt langsam anfuhr, seinen Hut ab und schrie lauter: »Und laßt's euch gut gehn. Grüße! Schreib' bald!«

»Huh! . . . Ja! . . . Sieh mal an, Onkelchen, wie grau du schon geworden bist! Das hab' ich noch gar nicht gesehn!« lachte Marie burschikos und winkte fort und fort. Einen Augenblick lahmte Sporers Arm und später, als man nichts mehr vom Zug sah, griff er wie unwillkürlich auf sein Haupt und fragte Auguste: »Ist's wirklich wahr? . . Bin ich denn schon so grau?« Fast verwundert, mehr aber noch bestürzt klang es.

»Ach Gott, Vatichen, wir werden doch nicht jünger!« meinte Auguste nebenhin . . .

Nein, Sporer war nicht krank. Er wurde nur von Tag zu Tag älter. Es ging von Stunde zu Stunde näher dem Aufhören zu, dem unentrinnbaren Ende. *Das* nahm ihm die Ruhe.

Er lebte pedantisch eingeteilt, er beschäftigte sich stets mit irgendwelchen Dingen, er interessierte sich für alles, was in der Welt vorging, er arbeitete, arbeitete und arbeitete. Er schaute nie mehr in einen Spiegel, er machte gymnastische Übungen, er fing das Radiobasteln an und nachts im Schlaf stöhnte er mitunter hart auf, keuchte und wimmerte, daß ihn Auguste weckte.

»A-ach, ja! Jajaja! . . . Hm, immer komm' ich so dumm auf den Rücken zu liegen!« sagte er zerquält und drehte sich um: »Entschuldige, Muttchen! . . . Es ist nichts, gar nichts! Bloß immer so verrückte Träume!« Er schnaubte schwer und starrte ohnmächtig ins Dunkel. Lange, lange! Es war totenstill rundum, nur die Standuhr drüben an der Wand schlug und schlug. Er konnte dieses Schlagen nicht ertragen, drückte verzweifelt seine Zeigefinger auf die Ohren, fest, ganz fest und da – da rumorte wieder sein Herz. Er preßte die Lippen aufeinander und verschluckte den Schrei, der auf der Gurgel saß. In seinem Hirn rannten die Gedanken wie gefangene Mäuse von einer Kopfwand zur anderen, prallten ab, retirierten und fingen wieder von vorne an mit diesem furchtbaren Sausen. Die stockig stille Schwärze drückte auf ihn, drückte, drückte wie – wie – wie die nasse, schwere Erde einstmals auf seinen Sarg.

Er konnte nicht mehr. Er ließ sich aus. Seine Arme fielen auf die flaumigweiche Decke, es schien, als entgleite ihm der Körper und endlich, endlich schlief er völlig ermattet ein . . .

Es gab einen klugen Mann, der sagte stets: »Rede sehr viel, das ist gut. Je mehr du sprichst, desto weniger sagst du.« Und dann war einer, der trieb diese Spitzfindigkeit noch weiter. Er riet immer, »Denke viel und denke stets an alles mögliche, denke fort und fort, denke einen ganzen Haufen, dann wirst du nie auf das *Eine* kommen und so ist's am besten.«

Aber leider – das sind alles gute Ratschläge und man sollte sich wirklich nach ihnen richten – leider, leider aber, es geht nicht. Dieses *Eine* läßt sich nicht zudecken mit haufenweisem Denken, auch nicht verscheuchen durch noch so vieles Reden und Tun. Es bleibt! Es wird mit jedem Atemzug, bei jedem Uhrenschlag gewisser; beim Umblättern oder Abreißen eines Kalenderdatums fliegt es in dein unvorbereitetes Hirn; der Tag steigt herauf und die Nacht fällt hernieder, es kriecht immer näher heran, unaufhaltsam, du kannst es nicht fassen, es wird von Mal zu Mal schrecklicher und grauenvoller!

Sporers gingen ins Kino. Ein heiterer, eleganter Film rollte ab. Der Hauptdarsteller war vor kurzem ganz plötzlich gestorben. Er spielte einen lebenslustigen Prinzen, der sich unerkannt und fernab von seiner steifen, höfischen Umgebung in der Großstadt amüsiert.

»Reizend! . . . Ach Gott, ach Gott! Sowas Niedliches!« flötete Auguste einmal belustigt und zufrieden und meinte weiter: »So ein hübscher, blühender Mensch! . . . Hm, schade um ihn.« Sporer gab keine Antwort. Reglos und schweigend saß er inmitten der erheiterten Leute und verfolgte immer nur diesen *einen* Menschen da droben auf der Leinwand, dieses lachende, küssende, liebende, herumflitzende, quirlende, springlebendige Etwas, das jetzt vielleicht schon langsam in moderige Verwesung überging, ja, sicher – vor zirka vierzehn Tagen hatte doch der Bericht von der pomphaften Beerdigung des Schauspielers in der Zeitung gestanden – ja, ganz sicher – seitdem regnete es – die Erde auf dem Sarg wird immer mehr hinabsacken, durch die Bretter dringt die Feuchtigkeit, Leim und Nägel lockern sich, der gewölbte Deckel bricht ein und fällt auf den schwabbligen, faulenden Leichnam nieder, drückt, drückt und die Würmer kriechen über das matschige, zerfallende Gesicht, über die Hände, durch die Knopflöcher und zersprungenen Nähte, auf den kalten Leib. – – –

Die Musik spielte anfeuernd, aus der hellerleuchteten Orchestergruft vorne ragte die hagere Gestalt des herumfuchtelnden Kapellmeisters und warf gespenstische Schatten. Eine scheppernde Lachsalve setzte ein, Sporer seufzte, japste nach Luft, seine Brust schmerzte wie unter einem eisernen, viel zu engen Panzer. Er drückte mit Gewalt die Augen zu.

»Na, also einfach blendend! .. Entzückend!« rief eine Backfischstimme hinter ihm und auch Auguste lachte noch einmal hell auf. »Sieh doch, Vatchen, sowas Goldiges! Sowas Geliebtes!« rief sie erquickt. Sporer bekam auf einmal eine dumpfe, kaum mehr bezähmbare Wut auf all dieses gansige Geschnatter und Lachen. Und das war gut für ihn. Er drückte sich grimmig auf die Stuhllehne und spürte wieder Leben. Sein Rücken war wieder da, seine Glieder, sein Hirn und seine Gedanken.

»Tja, ja, Muttchen«, plapperte er: »Ja, sehr schön«, und räkelte sich hölzern in die Höhe. Dichtgedrängt strömte alles den Ausgängen zu.

»– und hat so schnell sterben müssen!« sagte jemand.

»Sterben!« blieb vor Sporer in der Luft. »Sterben« stand überall, wohin er sah und dachte . . . . .

III

Richtig und wahrhaftig: Nicht der Tod an sich war das Schreckliche, nur das Weiterleben bis dorthin war so fürchterlich. Nur *das* vernichtete nach und nach völlig: Du treibst immer mehr dem Aufhören zu. Du fängst zu kränkeln an, eines Tages mußt du dich hinlegen, der Arzt kommt, deine Frau, deine Verwandten und Kinder kommen ans Bett, jeder Blick sagt das Gleiche und dann: Du liegst noch da, atmest, riechst die Medikamente, siehst und hörst noch alles genau, denkst noch klar und merkst, jetzt wird dieses alles schwächer, schwächer – du möchtest dich aufrichten, willst was sagen, aber – aber auf einmal ist es still. Du liegst noch genau so da, hast Augen, Ohren, eine Nase, Hände, einen Mund – nur, das ist jetzt alles weg, ist – nicht – mehr – da – –

Es war ein stiller Sonntagsnachmittag im Januar. Zeitunglesend saß Sporer im bequemen Großvaterstuhl am hohen Kachelofen. Auguste stopfte seine Socken. Das Dienstmädchen klopfte, öffnete die Türe halb und sagte: »Ich geh' jetzt, gnädige Frau . . . Auf Wiedersehn.«

»Ist gut, Lina . . . Vergessen Sie das Wiederkommen nicht . . . Auf Wiedersehn!« gab ihm Frau Sporer zurück und »Wiedersehn« murmelte auch Emil. Klapp tat die Wohnzimmertür, klapp die im Korridor, ruhig war es wieder.

Sporer nahm einen großen, gelben Prospekt aus der Zeitung und überflog ihn. Auf einem dahingaloppierenden Gaul hockte der Knochenmann Tod mit fliegendem Mantel und hielt einen zappelnden, jämmerlich dreinschauenden Mann unterm Arm. Darunter stand in fetten, bald roten, bald schwarzen Lettern: »Ihr Ende ist nahe! Er packt Sie! Er reißt Sie fort! Viel zu früh! Sehen Sie nicht die Warnungszeichen an Ihrem Lebensweg? Hat Sie das Schicksal der Vielen aus Ihrer Freundschaft, die viel zu früh sterben mußten, nichts gelehrt . . .?«

Sporer erinnerte sich flüchtig. Vorige Woche hatte man einen seiner Berufskollegen begraben. Als die Trauergesellschaft aus dem Friedhof ging, sagte jemand: »Ja mein Gott, er war auch schon über siebzig ... Jetzt müssen die Alten langsam fort ...« Sporer ging schnell weiter damals. – –

Der Kanarienvogel zirpte am Fenster. »Zu den unbeachteten, kleinen Beschwerden gesellen sich –« las Sporer.

»Es wird angerufen, Vatchen«, sagte Auguste jetzt und Sporer hörte ein anhaltendes schrilles Läuten im Büro nebenan.

»Soll ich gehn?« fragte Auguste wiederum, aber Sporer erhob sich schon und ging hastig aus dem Wohnzimmer: »Nein-nein, laß nur, laß, Muttchen ..«

»Ja, hier Sporer? .. Bitte?« fragte er in den Sprechtrichter und grüßte seinen Sohn. Ob er oder Mamachen nicht Lust hätten, heute abend mit ins Theater zu kommen, er habe zufällig zwei Pressekarten, fragte dieser. Sporer besann sich kurz.

»Nein, ich nicht, aber wart' mal, ich will Muttchen fragen ... Bleib bitte am Apparat, ich frage sie«, sagte er alsdann und kam mit der Antwort zurück: »Ja, gut, ja, Muttchen geht mit ... Gut, ja-ja ... Du holst sie um Viertel acht mit dem Auto ab ... Gut, Wiedersehn ... Wie? ... Oh, wie immer, dankschön! ... Und bei dir? Alles wohlauf, ja ... Grüß Hanna, ja ... Und die Kinder ... Jaja, gut ... Also Wiedersehn, um Viertel acht dann ... Wiedersehn!« Er legte den Hörer auf den Halter. Vor ihm, auf dem Schreibtischpult lag der schreiend gelbe Prospekt.

»Er packt Sie! Er reißt Sie fort! Viel zu früh!« las er. Er wischte das Papier wie angeekelt weg, zerknüllte es und warf es in den Papierkorb. Er straffte seinen Körper und kam ins Wohnzimmer zurück.

»Ach, a–ach, ich hab' ja ganz vergessen ... Tja, wie ißt du denn abends? ... Ach, es geht ja gar nicht«, sagte Auguste und rumpelte auf: »Ich hab' doch extra für heut zwei Schnitzelchen besorgt ... Ach, ach!« Sporer mußte sie beruhigen. Er könnte doch heut' ausnahmsweise mal Wurst essen, die Schnitzel würden im Eisschrank doch nicht schlecht. Er zerredete fast eine Viertelstunde, bis sie nachgab. Abgemacht also – er wisse sich schon zu helfen.

Er ging an das Radio und schaltete ein. Eine scheppernde Oberlehrerstimme erging sich in holperigen Sätzen über das Thema »Die Lebensalter«. Laut und dröhnend trompetete es in die stille Stube: »Während beispielsweise im Mittelalter, wo überall sehr verbreitete Epidemien grassierten, das durchschnittliche Alter der Menschen kaum 50 Jahre betrug, sagt eine erst kürzlich veröffentlichte Statistik, daß dieses heute meist 70 Jahre beträgt!«

Sporer griff hastig nach dem Knipser und stellte ab. Im Nu erstarrte er.

»Ist ja einfach schrecklich wie's heute kratzt . . . Und der Quasselkopf brüllte . . . Na, ich danke!« sagte Auguste und erhob sich. In der aufgeschreckten Zimmerluft summte noch immer das metallische Dröhnen. Sporer stand schweigend und glotzte auf die silbrigglänzenden, erloschenen Röhrenlampen. Er war nicht imstande, sich umzudrehen.

»Das Di-ing kann einen rasend machen«, brummte er abwesend und hörte, wie Auguste an der Tür sagte: »Das kommt bloß davon, weil du immer so dran herumbastelst . . . Anfangs war der beste Empfang.« Dann ging sie in die Küche hinaus, um nachzusehen, was an Wurst und kalten Speisen da sei.

Sporer rührte sich immer noch nicht, schaute immer noch in ein Loch und atmete kaum. Seine Züge waren schlaff und todtraurig. Er machte, so von hinten gesehen, einen zerbrochenen Eindruck. Sein grauer Kopf sackte ein wenig nach vorne, die Arme hingen kraftlos herab und ab und zu erzitterte er ein wenig. Er ächzte endlich und drehte sich um, hob den Fuß, machte einen Schritt und noch einen und blieb wieder stehen. Seine Lippen gingen einige Male auf und zu, aber kein Laut kam aus ihm. Er suchte nur hoffnungslos mit seinen Augen in der spärlich erleuchteten Luft herum.

»Vaaaatchen? Vaatichen, komm doch mal!« rief Auguste aus der Küche. Er gab nicht an. »Vaatchen! Bitte, komm doch! Bitte!« wiederholte sich. Sein Mund schloß sich, er tappte auf die Türe zu.

In der Küche, als ihm Auguste alles zeigte, sagte er nur immer: »Jajajaja, ja Muttchen! Hab' nur keine Sorge ... Mach dich nur fertig! .. Ich richte mir schon alles!«

Später, als Georg kam, war schon höchste Zeit. Man wechselte nur einige flüchtige Worte. Alles wirbelte an Sporer gewissermaßen vorüber: Seine aufgedonnerte Frau mit den aufgeregten, hektisch roten Flecken auf den Backen, der glattrasierte, nach frischer Luft riechende Sohn, ein Türzuklappen und das Surren des davonsausenden Autos ....

Er ging in die Küche zurück und fiel auf den hölzernen Schemel. Das weiße Gaslicht knisterte ab und zu, es roch nach Soda und erkalteten Speisen; die mit hellgrüner Ölfarbe gestrichenen, glatten Wände glänzten nüchtern, der sauber abgescheuerte, weißkachelige Herd stand da und darauf der zweiflammige Gaskocher.

Emil Sporer spürte nur, wie die Kälte langsam vom gepflasterten Fußboden an seinen Beinen emporkroch, immer weiter, über den Bauch, hinauf zur Brust, zum Hals und zum Kopf. Allmählich wurde er ganz steif und starr. An der Wand über dem Herd tickte die große, runde, weiße Telleruhr und hinten in der Ecke tropfte in einem fort der Wasserhahn. Auf einmal knackste es leicht und das Ticken verstummte. Ganz unvermittelt, jäh war es still, leblos still. Sporer reckte seinen grauen Kopf und spürte ebenfalls ein Knacken im Genick und jetzt war es, als sänge etwas in seinen Ohren. Verloren schaute er auf das Zifferblatt, schaute, glotzte und stockte. Die Luft blieb ihm weg. Er schnaubte, aber es war nur, als brächen seine Rippen. Die Luft war weg, weg! Weg!!

»A–a–ach–ch!« ächzte er ungeheuer verlassen, seine Zähne fingen zu klappern an und schließlich weinte er zerstoßen. Die kalten, dicken Tränen rannen über seine Backen und zergingen auf dem Stoff der Weste. »Nei–nei–nein, da-da-das geht nicht, nei-nei-nein, lie-lie-ber –« wimmerte er und schluckte. Das Grüne da, dieses glitschige Grüne verschwamm immer mehr und leuchtete wie schimmelig. Und war, als rücke es immer näher. Das Tropfen da hinten wurde zu einem leicht klatschenden Tappen, gerade so als käme ein unsichtbares, grauenhaftes Ungeheuer auf ihn zu, etwas wie Geröll herabrieselnden Kieses – –

Eine jagende, stechende Hitze peitschte durch seine Adern. Er zuckte, schlotterte. Angst, Angst, unbeschreibliche Angst preßte ihm die Gurgel ab. »A–a–achchch!« wollte er schreien und griff nach dem Gashahn, riß dran, daß der Kocher krachend auf den Boden fiel und sich vom Schlauch löste. Sporer rutschte vom Schemel hinab auf den kalten Boden und sackte zusammen. Es fauchte immerzu leise und er spürte einen faden, süßlichen Geschmack auf dem Gaumen, er schloß seine Augen und langsam wurde ihm leichter, immer freier. Zuletzt glaubte er zu schweben . . . .

Als Auguste später nach Hause kam und schreiend durch die vergasten Räume rannte, war Sporer schon tot. Sie schrie wie am Messer, riß die Fenster auf und brüllte die Botschaft heulend in die Nacht, dann sank sie ohnmächtig um. Die Leute schreckten aus dem Schlaf und liefen zusammen, ein Arzt kam und untersuchte, – nun, wie das eben so zugeht.

Jeder Mensch aus Sporers nächster Bekanntschaft sagte: »Unfaßlich das! . . Hmhmhm! Und lebten doch in den besten Verhältnissen, kamen doch gut miteinander aus? Einfach rätselhaft, unfaßlich! . . . Hmhm, die arme Witwe! Warum hat *der* sich bloß das Leben genommen, warum bloß? . . . Wir müssen doch alle sterben.«

Sehr richtig, alle. Aber Sporer ließ sich nirgends hineinschauen. Sogar *da* nicht. – – –

Es stirbt wer ...

Für kranke Leute hat man bei uns nicht viel übrig und am allerwenigsten für solche Personen, die zu ungelegener Zeit krank werden. Darin gleichen wir auf irgendeine Weise unseren Vorfahren, den alten Deutschen. Nämlich von denen haben wir auch in der Schule gelernt: »Ein krankes Kind wurde gleich bei der Geburt getötet und Presthafte oder sonstige Kranke waren verachtet und suchten von selbst den Tod.« Das wäre – wenn's einmal arg ist mit einem solchen Kranken – nach unserer Meinung auch das Gescheiteste. – –

Es läßt sich also leicht denken, daß der Zeiselberger von Buchberg unbeschreiblich ärgerlich wurde, als sich die Bäuerin mitten in der Erntezeit hinlegen mußte und jeden Tag schlechter wurde. Es wäre ja vielleicht noch nicht so schlimm gewesen, hätte man die Ernte unter Dach und Fach gehabt oder wäre wenigstens eine Tochter da gewesen. Aber so? Drei Mannsbilder – der Bauer, der Ottl und der Michl – im Haus? Und zu *dieser* Zeit, wo keine »Dirn« (Magd) aufzutreiben ist und kein Mensch im ganzen Dorf daheimbleiben kann, noch weniger bei anderen Leuten den Haushalt zu führen und ein Krankes zu pflegen! –

Wie gesagt, der Zeiselberger war über dieses Kranksein direkt beleidigt. Und auch der Bäuerin war es höchst zuwider. Sie war nicht im mindesten so zimperlich, daß sie sich wegen jedes Bauchwehs niederlegte. Im Gegenteil, seitdem der Ottl auf die Welt gekommen war, hatte sie zwei offene Kindsfüße, die sie Jahr und Tag »fatschen« mußte. (Fatschen – frisch verbinden.) Aber an ihrer Arbeit kannte man nichts von diesem Leiden.

Die Zeiselbergerin versuchte es darum schon am dritten Tag, aufzustehen. Sie mußte sich aber gleich wieder niederlegen. Es half nichts. Der Ottl mußte mitten am Nachmittag nach Iffelfing zum Hofrat Eberdinger hinüberfahren und ihn holen. Der Eberdinger kam und sagte zum Zeiselberger nach der Untersuchung: »Rotlauf! ... Da müßt's schon schauen, daß immer wer am Bett bleibt! .. Aufstehen gibts nicht..«

»So.. Rotlauf?.. Tja, mir hobn aba net recht vui Zeit, daß ma do oiwai a Kamma naufstehna«, murmelte der Bauer: »Dös geht it rächt, Herr Hofrat, wenn sovui Arbat auf'n Feld is...«

»Tja...!... Das müßt's eben einrichtn«, meinte der Doktor achselzuckend und fuhr wieder ab. Diese Auskunft erboste den Zeiselberger bis ins Innerste. Unschlüssig blieb er vor dem Bett sitzen und machte ein Gesicht, als ob ihm ein Ochs hineingetreten wäre.

»Der hot leicht z'redn, der damisch Kerl, der damisch!« raisonierte er: »Der hot ja koa Arbat! .. Der sitzt si' in sei Wagl nei, fahrt rum und schaugt dein'n Haxn (Fuß) o und kommandiert!... So mächt' i's aa amoi hobn...« Und noch verbißner fuhr er fort: »Mißn sich einrichtn!? Mißn sich einrichtn?!! ... Wia ma nu so dappi daherredn konn ... *Der* tuat ünser Heu net rei, der lappert' Teifi, der lappert! ... Herrgott, i woaß 's net, daß 's gor a so trapfte Leid gibt, so trapfte..!« Beiläufig stocherte er mit dem Zeigefinger seine Zehen aus, schlüpfte dann wieder in die Pantoffeln und fragte die Bäuerin: »Brauchst mi denn..?.. I moan, in'n Bett liegst doch guat..?«

»Geht's no naus ins Feld..« erwiderte diese, scheinbar als wollte sie selber Ruhe haben, und brummend ging der Zeiselberger aus der Kammer und wieder aufs Feld. Bis in die Nacht hinein werkelten die Drei herum und jedesmal, wenn sie eine Fuhre daheim hatten, schaute einer zur Kranken hinauf. Der Ottl brachte ihr ein Bierkrügl voll Zuckerwasser, weil es sie so dürstete. Vor der letzten Fuhre keuchte sie und der Zeiselberger richtete ihr das Kissen höher hinauf und gab ihr ein nasses Handtuch für über den Kopf.

4 f. *mir hobn aba ... a Kamma naufstehna:* wir haben aber nicht die Zeit, dauernd in der Kammer zu sein.
19 *der lappert' Teifi:* der närrische Teufel.
20 *trapfte Leid:* dumme Leute.

»Jetz san ma ja glei fürti . . Jetz brauchst üns ja vorläufi nimma, oda?« fragte er wieder und sie schüttelte nur schwach den Kopf und hauchte: »Gehts nu zua . .«

Nach Feierabend, als der Michl in die schon dunkle Kammer trat, rührte sich nichts mehr. Er ging gleich wieder heraus und zog vorsichtig die Tür zu.

»Schlafa tuats«, sagte er in der Stube drunten. Man hockte sich hungrig um den großen Tisch und löffelte die Brotbrokken aus dem Milchweigling.

Erst als kurz nach der Stallarbeit der Zeiselberger ins Bett ging und mit der Kerze über die Kranke leuchtete, merkte er, daß sie tod war. Er blieb einen Augenblick ganz stockstarr stehen und riß die Augen weit auf.

»Tha! . . Jetz is dö tod . . ? Tha . . jetz dös is guat, tha!« murmelte er mehr erstaunt als erschüttert: »Tha! . . Ja . . jetzt is dö tod? . . hmhmhm . .« Benommen schüttelte er den massigen Kopf. Dann ging er und holte den Michl und den Ottl.

»Jetz hob i's doch oiwai gfrogt, ob's üns braucht . . . Tha! . . Und jetz stirbts auf amoi a so dahi . . tha – hahm«, brummte er unablässig und als die Buben zu weinen anfingen, wurden auch seine Augen naß. Er faltete die Hände, besprenkelte die Verstorbene mit Weihwasser und schüttelte noch immer den Kopf: »Jetz – stirbt – dö – auf amoi a so dahi . . tha – hm – ha – hm . . .«

1 *glei fürti:* gleich fertig.
9 *Milchweigling:* Milchschüssel, -napf aus Ton.
14 *jetz dös is guat:* Ausdruck der Verwunderung.

Joseph Leiberer seligen Angedenkens

Vor etlichen Tagen hat mir mein langjähriger Freund, der Postwirt Stiesinger von Rappoldsberg, wieder einmal geschrieben. Eigentlich wollte er bloß Auskunft über eine notarielle Angelegenheit, die ich seinerzeit für ihn besorgt habe. Zum Schluß aber kam er auf den verstorbenen Doktor Joseph Leiberer, unseren gemeinsamen Tarock- und Stammtischkameraden, zu sprechen und hat damit wieder alle Erinnerungen an die damalige Zeit und hauptsächlich an diesen wunderbaren Mann in mir aufgerührt.

»Erinnerst du dich noch, lieber Oskar, jetzt sind's schon wieder zehn Jahr' her, seitdem der Leiberer tot ist. Selig hab' ihn Gott, aber ewig schad ist's um ihn und wenn ich zurückdenk' an ihn, das ist schon was sehr Schönes gewesen, wenn wir beieinander gehockt sind. Neuling war der Jahrtag für ihn. Da haben sich die Alten wieder alle getroffen und jeder hat was gewußt über den Doktor«, hat es in dem Brief vom Stiesinger geheißen.

Ja, ich erinnere mich wieder. Mein Gott, der gute Leiberer! Ich sehe ihn heute noch in der Ofennische sitzen, die ewig qualmende Tabakspfeife im Mundeck, breit und gemütlich in den Tisch geflazt, den massigen Kopf tief zwischen den mächtigen Hügeln seiner Schultern, einen zerzausten Seehundsbart über die wulstigen Lippen herabhängend, die grauen, unverblüffbaren Augen halb offen, drüber die dichten Brauen und eine fast viereckige, vielfaltige Stirne.

Und ich höre ihn noch wie heute, wenn beispielsweise der Apotheker Greindl wieder nicht aufhören will mit seiner Fistelstimme über die verdrehte Welt zu schimpfen, oder wenn der Bader Neuchl in einem fort über die Schlechtigkeit der Weiber zetert – ich höre den guten Doktor Leiberer wie er lang gedehnt, fast ein wenig schläfrig ungeduldig anhebt:

15 *Neuling:* Neulich.

»*Meine* Herren!« und dabei das Wort »Meine« so seltsam betont. –

Das war meistens, wenn kein Tarock zusammenging oder wenn man sich schon so langsam überlegte, wie es mit dem Heimgehen wäre. Die Karten lagen da. Ausgespielt war. Draußen sauste und schnaubte unausgesetzt der Schneewind. Die Fenster zitterten ab und zu leise. Die Luft um uns herum war zum Schneiden. Jeder paffte auf Hautsdrein.

Da möcht' ich doch einmal wissen, was es für einen größeren Genuß geben kann, als so mollig warm in einer Winternacht um einen heimeligen Wirtsstubenofen zu hocken. Besonders wenn man schon halb im Begriff ist, sich zu erheben und auf den Heimweg zu machen. Wie das so zwischen Zögern und endlichem Entschluß wunderbar wechselt, wie man da wartet, ob nicht der Nebenmann zuerst aufstehen will und immer wieder sitzen bleibt. Draußen der widerwärtige Winterwind! Dich überrieselt es eine Sekunde lang kalt, dann aber wird dir die Wärme so vom Rücken herauf erst recht gewiß. Du fühlst dich geborgen wie nie, fast wie eingewickelt in eine wohltuende Watte. Wirklich – gegen so eine Behaglichkeit sind die Schätze Indiens, die Pracht des Paradieses und weiß Gott was noch alles wahrhaftig nichts, gar nichts.

Der selige Doktor Leiberer hat einmal bei einer solchen Gelegenheit gesagt: »Meine Herrn, jetzt ist's wie in der Früh' wenn ich aufwach' ... Vom Schlaf hat man gar nichts. Der ist bloß saudumm. Du machst die Augen zu und bist weg! – Aber wenn man aufwacht oder vielmehr vom Aufwachen bis zu dem Augenblick wo man wirklich aus dem Bett steigen will, *das* ist die eigentliche Wohltat ... Sowas Wunderbares ist schon fast wert, daß man lebt! ... Aber bei den Menschen ist's schon so: Sie werkeln herum und machen sich weiß der Teufel was vor und das beste kennen sie nicht, weil sie keine Geduld haben, die Rindviehcher! ... Sowas Stiefelhaftes! Man möcht' es nicht für möglich halten!«

Und wenn er so ins Betrachten gekommen ist, hat er jedesmal zum Schluß gesagt: »Herrgott, und was sind wir denn zu guter Letzt? . . . Ein Haufen Dreck, sonst nichts!«

Das war eigentümlich an ihm. Er hat sozusagen immer beim Leben angefangen und beim Tod aufgehört. Ewig hat er an dieses Aufhören gedacht. Komisch! Und war doch ein so lebenslustiger Mensch, ein Kerl voller Fidelität!

Herrgott und *wie* hat er erzählen können! Oft und oft hab' ich ihm gesagt: »Mensch, Doktor! Schreib doch die Geschichten auf! Schreib sie so hin, wie du sie jetzt erzählt hast, das ist besser wie tausend so spinnerte Romane!« Aber er hat stets dabei lachen müssen und den Kopf geschüttelt. »Nein – nein, Oskarl, dös loß i dir! Es is' zuviel Konkurrenz do!« Gut also, so erzähle ich für ihn.

I

Haß

»Haß und Hader hab' ich viel auf der Welt gesehen«, fing er einmal an, weil sich's grad so gab: »Aber so einen Haß, wie anno 16 einmal, auf dem Münchner Hauptbahnhof, *den* hab' ich nimmer erlebt.«

Er legte sich mehr in den Tisch und blies die dicke Rauchwolke weg: »Das war so im September 16. Im Westen haben sie massenhaft Truppen gebraucht. Alles, was stehen und gehen hat können, hat an die Front müssen. Ich bin damals freiwillig als Arzt eingerückt und hab' mit so einem Truppenteil mitmüssen. Auf dem Bahnhof war ein Mordswirbel. Wo du hingeschaut hast, allweil die gleichen Bilder, die gleichen Auftritte. Das Heulen und Jammern der Angehörigen, das Trösten der Krieger – kurzum, wie es halt da so zugeht. Jeder weiß's ja.

Endlich schreit's: ›Einsteigen! Fertig! Einsteigen!‹

Jetzt wird's noch wilder. Man umarmt sich noch einmal, drückt sich zum letztenmal die Hand, die Soldaten reißen sich los, steigen ein, bleiben an den offenen Coupéfenstern stehen, lachen, winken und reden noch dies und das.

Bloß einer steht noch heraußen bei seinem Weib und redet und tröstet. Ein hagerer, baumlanger Mensch mit einem gutmütigen Bartgesicht. Er schaut wehleidig auf seine viel kleinere Alte und – so scheint's – er kann sich gar nicht mehr auskennen, weil das Weiberts so heult und gaustert. Ganz steif ist er dagestanden und hat sie ab und zu gestreichelt.

›Christian! Christian! Mei Chrischtl!‹ hat die Frau ewig geplärrt und nicht losgelassen: ›Chrischtl, mei arma Chrischtl!‹

Und er sagt in einer Tour: ›Jaja, Fanny! Fanny, reg' di' doch net so auf! Es muaß ja a jeda furt! Sei stad Fanny! I kimm scho wieda! Sei nu stad, Fanny!‹

Da kommt der Feldwebel noch einmal dahergestürzt und schreit barsch: ›Einsteigen! Himmelherrgottsakrament! Einsteigen! Marsch!‹ Der Christian reißt sich endlich los und rennt auf die Plattform vom Eisenbahnwagen. Seine Alte fährt zusammen, wirft die Arme und schreit noch ärger: ›Chrischtl! Mei Chrischtl!‹ Es ist schon fast widerwärtig. Der Zug macht einen Ruck und fährt langsam an. Alle winken und laufen ein Stück nach. ›Chri–i–ischtl! Chri–ischtl, mei Chri–i–ischtl!‹ plärrt die Frau wie besessen und rennt dem Zug auch nach. So fürchterlich hat sie immerfort geschrieen, daß direkt alle erschrocken sind. Außer Rand und Band war sie. Ich hab' schon gemeint: Jetzt lauft sie und wirft sich unter die Räder.

Und da – da wie er nun endlich sieht, der Zug saust, Einhalten gibt's keins mehr, da reckt sich der Christian und schreit wie von einem Ekel angepackt: ›Ja, Fanny! Ja! – Schrei nu zua! Jetz konn i dir's ja sogn: Froh bin i, daß i furtkimm vo dir, du Mistfetzn! Jetz hot's a End mit üns! I kimm nimma!‹

Sein Weib ist starr stehn geblieben, ist blaß geworden und weil sie geschwankt hat, hat sie einer auf dem Bahnsteig aufgefangen. Alles hat auf den langen Christian geglotzt, aber der Zug war schon weg. Der und der machte sich an den Christian heran, aber es war nichts mit ihm anzufangen. Auf der ganzen Fahrt war er einsilbig und mürrisch. Man hat ihn schließlich gehen lassen.

Einen Monat später – ich hab vollauf zu tun gehabt in einem Kriegslazarett – ist mir ein Mann unter die Finger gekommen mit drei schweren Rückenschüssen. Da war alles hoffnungslos.

Er hat ein steinhartes Gesicht gemacht, ganz ruhig und schweigsam ist er gewesen.

›Wollen Sie nicht an Ihre Frau schreiben – oder an Ihre Angehörigen?‹ fragt ihn die Schwester. Das hat ja meistens soviel geheißen wie: Es hilft nichts mehr. Ich bin dabeigestanden und schau den Mann an. Unrettbar, sag ich mir. Ich schau nochmal auf den Menschen. Es ist der Christian. Keine Wimper hat er gerührt, stockstumm ist er geblieben.

›Ich schreib' schon‹, hat die Schwester gesagt. Aber der Christian hat bloß sein Gesicht finster verzogen und ganz leicht den Kopf hin und her geschüttelt: ›Nana, nix schreib'n! Gor nix!‹ Und hat in die Luft gestarrt.

Zwei Tage drauf war es aus mit ihm. Ich habe ihn sterben sehen. Nicht einen Laut, keinen Stöhner hat man gehört. ›Gott sei Dank!‹ sagt er und weg war er.

Herrgott, mein Lieber, da ist's mir wirklich kalt über den Buckel hinabgelaufen . . . .«

II

Jeder Feigling ist ein Teufel

Er würd' grad nicht bös sein, der Leiberer, wenn er diese Geschichte von sich hier lesen würde. Sie hat ja damaliger Zeit ganz Rappoldsberg aufgeregt und ist auch in der Zeitung gestanden, aber niemand hat sich's genau erklären können. *Wir* schon, wir vom Stammtisch »Die mistigen Brüder«, denn uns hat der Doktor selig alles geschildert.

Er würd' höchstens sein breites Maul verziehen, wenn er jetzt das zu Gesicht bekäme, und er würd' spöttisch nach mir linsen und sagen: »Hm, jaja, so sind's die Herrn Schriftsteller! ... Richtige Ratschkathln, weiter nichts ..« Und sicher würd' er todernst fragen, was ich für sowas kriege und mir zu guter Letzt mit gutgespielter Väterlichkeit auf die Schultern klopfen und sagen: »Jaja, hast ganz recht, Oskarl, schmier die Leut' nur recht an ... Wenn sie allen Zimt fressen, warum nicht ... Du hast schon das Rechte ...«

Er hat so gar keinen Respekt vor sogenannten höheren Leistungen gehabt, der Doktor, er war, weiß Gott, ein arger, gefährlicher Spottbeutel. Ich will aber nicht abschweifen.

Vierzehn volle Jahre ist der Leiberer Krankenhausarzt in Trosteldorf, gutding drei Stunden weit weg von Rappoldsberg, gewesen.

»Da hat man einmal den Rocherpeter von Rappoldsberg eingeliefert«, erzählte er und fuhr fort: »Er hat eigentlich bloß eine starke Influenza gehabt ... Ich sag noch auch zum Rocher: ›No, so arg ist das nicht. Das hätt' der Peter daheim auch auskurieren können ... Warum bringst'n denn da daher?‹ Aber der alte Bauer hat den Kopf etliche Male herumgewackelt und gesagt: ›Herr Dokta, er gfoit mir aa nimma do drobn ... Er muaß nimma recht an Hirn sei ...‹

›So‹, sag' ich. ›Ja, nacha ist's was anders‹, und laß' also den Peter da. Gut, ich untersuch' ihn. Influenza ist's, weiter nichts. Der Bursch war bloß heiligmäßig schüchtern und zerfahren.

›No, Peter‹, sag' ich nach der Untersuchung zu ihm: ›Die Sach' ist nicht gar arg ... Da legst dich jetzt amal a Wochn schön warm ins Bett bei uns, nachher bist gesund.‹

Der Kerl kriegt unruhige Augen, lacht sonderbar und fragt auf einmal zweiflerisch: ›So, so .. So, nacha muaß i ma nix otoa, Herr Dokta? Nacha brauch i it sterbn? ... So – ha – soso, nacha kimm i no zu mein'n Sach' ..?‹

Aha, denk' ich, der alte Rocher hat also doch recht gesehen, der Bursch spinnt und frag ganz ruhig: ›Sterbn, Peta?

2 *Ratschkathln:* Klatschweiber.
31 *nix otoa:* nichts antun.

Ah, woher denn? . . . Du kimmst schon zu dei'm Sach' . .‹ Da wird der Peter lebendig und fragt schneller: ›So – ha – soso, wirkli . . Du moanst, daß i d' Gretl kriag?‹

›D' Gretl? . . . Ja, wer ist denn dös?‹ will ich wissen, aber da ist's schon wieder rum mit der Zutraulichkeit des Burschen. Gleich wird er wieder mißtrauisch. Er fängt wieder zu grinsen an und schüttelt in einem fort den Kopf.

›Nana, nana!‹ sagt er: ›Nana, He–herr Dokta, i kenn di scho . . . Nana, du bischt aa it stad (still) . . . I sog nix, nana! I hob's scho gsehng wiast mit mein'n Vodan (Vater) dischpatiert host . . . Nana, mi kriagt's ös oisamm net dro! . . . I spann's scho!‹

Mein Herumfragen hat mir nichts geholfen. Ich hab den Kerl derber angeredet und ihn ins Bett geschickt. Am andern Tag bin ich zum Rocher rübergefahren und hab' mir die ganze Sache erzählen lassen. Der alte Bauer – er wird so an die sechzig gewesen sein – ist aber lang nicht mit der Sprache herausgerückt, endlich hat er mir's gestanden. Er war steif und fest dabei, seine Dirn Gretl, ein volles, kerngesundes Weibsbild in den Dreißigern, zu heiraten. Auf die aber hat's auch der Peter abgesehen gehabt. ›Aba sie wui iahm gor nix . . . Und i bin jetz schier zwanzg Johr Wittiba, Herr Dokta, i möcht aa amoi mei Ordnung an Haus . . . Und – und d' Gretl is a richtig's Leitl‹, hat der Rocher mich aufgeklärt.

Der Dickschädel von einem Peter – er mag vielleicht fünfundzwanzig Jahr alt gewesen sein – aber hat nicht nachgegeben. Raufereien zwischen dem Alten und dem Jungen sind vorgekommen und einmal sogar eine zwischen der Gretl und dem Peter. Der Bursch ist ein magerer Mensch ohne Saft und Kraft gewesen und ewig unterlegen. Da wollt' er das Haus anzünden und hat gedroht, er tut sich was an, er bringt sich um, einer muß hin werden, er oder der Vater oder alle zusammen.

Der Rocher ist trübselig geworden, und geklagt hat er mir

10 f. *dischpatiert:* disputiert, geredet.
24 *a richtig's Leitl:* ein rechter Mensch.

wie ein altes Weib. Sagt er zu mir: ›Und nacha is er krank wordn und jetz moant er, mir hob'n an vergift't, i und d' Gretl . . . A so geht's doch nimma weita, Herr Dokta!‹

Ich hab' mir genug gehört gehabt und bin nach Trosteldorf zurück.

Am andern Tag habe ich mit dem Peter ernsthaft geredet. Er ist zeitweis zutraulicher geworden. Ich hab' zu ihm gesagt, sein Vater lebt ja so nimmer lang, er soll sich kein graues Haar drüber wachsen lassen und ob er denn kein anderes Mädl nicht weiß. Auf einmal ist der Bursch wieder mißtrauisch geworden.

›Ha–ha–aha–ha–ha, aha, aha! Bischt drent' gwen bei mein' Vodan, Herrr Dokta, aha!‹ hat er angefangen: ›Aha, i hör' die Gschicht' scho! . . . Nana, i sog' nix mehr! I mog it!‹ Ich hab' es mit dem Schimpfen versucht. Es hat nichts geholfen. Der Bursch ist einfach dagestanden und hat dumm gegrinst.

›Peta!? . . . Herrgott! Peta!‹ fang ich wiederum an. Er schaut mich an, er wird unsicher, er schwankt ein wenig und fängt auf einmal zu weinen an. Zu weinen, aber schon so, daß einen grausen hat können.

›Na–na–nachha muaß i hoit doch sterbn, He–he–herr Dokta! Na–nachha huift ois's nix mehr!‹ jammert er ganz zerstoßen.

Ein Bauernkerl und so feinnervig, denk' ich und mach mir so meine Gedanken über das Geschwätz der studierten Herrschaften, die immer von der Ursprünglichkeit und weiß Gott was dahersalbadern, wenn's um die Landleute geht.

›Sterbn, Peta! Dös gibt's net! Dummes Zeug, dumms!‹ will ich schimpfen und fang' vom Herrgott an und heiß den Burschen einen Feigling. Wegen einem Weibsbild sterben, mein' ich, das sei ein Unfug.

Der Peter ändert sich nicht. Er wird ein paar Tage kränker. Schließlich aber ist er doch wieder gesund geworden. Ganz mannhaft hat er das Krankenhaus verlassen. Der alte Rocher ist selber dagewesen und hat ihn abgeholt. Alles war gut.

Es sind zwei Jahre vergangen. Grad da, wie ich von Trosteldorf gehen hab' wollen, ist der Peter wieder eingeliefert worden. Er hat sich einen Finger abgehackt gehabt, hat nicht aufgepaßt, es ist Blutvergiftung dazugekommen gewesen.

Ich hab' eigentlich die ganze Sache mit dem alten Rocher und seiner Heiratsabsicht schon vergessen gehabt. Es war auch nicht darnach, als wenn zwischen Altem und Jungem was gespannter geworden wäre inzwischen.

Der Peter ist wirklich elendiglich drangewesen. Lang hab' ich überlegt, ob man nicht den Unterarm abnehmen sollt. Er ist aber wieder geworden. Er hat sich tapfer gehalten. Kaum aber ist's ans Gesundwerden gegangen, da fängt er auf einmal wieder zu spinnen an.

Das ist mir denn doch zu dumm worden. Der Rocher hat die Sache eigentlich ganz feinspinnig angefaßt gehabt. Er hat die Gretl zu seinen Leuten über der Isar drüben heimgeschickt seinerzeit wie der Peter aus dem Krankenhaus gekommen ist. Er ist bloß hie und da hinüber und inzwischen hat er ewig probiert, den Peter an eine Bauernstochter zu verheiraten. Freilich geworden ist's nie was.

Also gut, der Peter ist wieder halbwegs gesund und geht im Krankenhaus herum. Ich treff' ihn öfters. Er sagt nichts, er schaut dumm drein, er macht einen ruhigen Eindruck. Ich red' leger mit ihm, er brummelt irgend was und lacht saudumm.

Einmal wieder sag ich: ›Na, Peta, jetz geht's bald wieder heim . . . Gsund san ma!‹

Da hat er unruhige Augen gekriegt.

›No, wos is's denn, Peta?‹ frag' ich. Er schaut noch trübseliger drein.

›Peta? . . . Red doch? . . Geht's schlechta?‹ frag' ich.

›Na, na, dös net, Herr Dokta‹, sagt er weinerlich: ›Aba jetz hot er d' Gretl doch wieda dahoam g'habt, mei Vodan . . . Er hintergeht mi ja doch!‹

›Himmlherrgott, damischer Kerl, damischer!‹ fang ich zu schimpfen an: ›Wos is denn jetz dös! . . . Dei Vodan hat doch d' Gretl wegto . . . Phantasier' net oiwai so saudumm daher!‹

35 *wegto:* weggeschickt.

Der Peter ist stocksteif geworden, hat seinen Kopf ein wenig vorgestreckt und mich angeglotzt wie ein dummer Fisch.

›Schaug net so dumm!‹ fahr ich ihn an.

Er grinst und sagt ganz trocken: ›Nachha tua i mir hoit an Tod o! Nachha hot er's, mei Vodan ... I schreib scho an Zett'l, daß i's bloß wega iahm to hob ...‹

Es mag sein, daß ich an dem Tag aufgeregt und müd war. Weiß der Teufel, ich bin noch ärgerlicher geworden. Und überhaupt, hab' ich gedacht, wer schon so lang vom Umbringen daherredet, der tut's nicht. Kurz und gut, ich hab' den Peter recht zusammengeschimpft.

›Du bringst dich schon net um, du damischer Kerl, du damischer! Du hast ja doch d' Schneid net dazua ... Recht durchhaun sollt man dich!‹ erinnere ich mich, daß ich dabei gesagt hab'. Nachdem ich mich richtig ausgeschimpft gehabt hab', bin ich gegangen und hab' den Peter stehen gelassen.

Die Krankenschwester hat mir einmal erzählt, der Peter hätt' gesagt, wie ich mit der Visit' fertig war: ›Wart nu, den Herrn, den zoag i's scho no! ... Der kriagt no an Denkzettel vo mir an den er ewi denkt ...‹

Ich hab' mich nicht weiter dran gekehrt. Vierzehn Tage drauf, es mag auch drei Wochen gewesen sein, bin ich nach Rappoldsberg in mein Häusl gezogen. Der Peter muß schon daheim gewesen sein. Mir sind andere Sachen im Kopf herumgegangen. Was beim Rocher passiert ist, weiß ja jeder. Der Bauer ist einmal zwei Tag weg gewesen. Drüben bei der Gretl.«

Mir steht es noch deutlich vor Augen, wie der Leiberer jetzt aufschnaufte. Er schaute finster drein. Er nahm seinen Stammkrug und tat einen tiefen Zug.

»Dös sell hätt' i it g'sogt, daß oana, der wo oiwai von Umbringa red't, net Ernst macht damit«, sagte der Stiesinger in die stockende Stille hinein.

Der Doktor selig hat ihn hart angeschaut, fast feindselig.

Nämlich der Rocherpeter hat sich in seinem Garten, zwischen den dichten Tujen, aufgehängt. An einem Knopf von seinem Gilet hing ein Zettel, drauf stand linkisch geschrieben: »Der Toktor Leiperer isd schult. Had gesagd, ich hap geine schneid nücht Zum umpringen. Mid fleis Peter Rocher ...«

III

Wo alles endlich gerecht wird

Ich hab' dem Leiberer seine »letzte Geschichte« gehört. Das war schon bald grausig. Seitdem aber kann mir keiner mehr sagen, was ein wirklicher Held ist. Dazumal ist mir das klar geworden.

Der Doktor ist schon über vierzehn Tag' gelegen. Öfters haben wir ihn aufgesucht. »Noch einmal tarocken, wär' schön«, hat er jedesmal gesagt, aber es ist nicht mehr gegangen. Er war zu matt schon. »Ja«, sagt er, »jetzt geht's halt schön langsam dahin ... Hilft nichts!«

Der Wirt Stiesinger ist am vorletzten Tag dahergekommen und hat ein elendiges Gesicht gemacht. »Mit'm Dokta geht's dahi«, sagt er. »Ma siehcht's g'nau ... Aba tapfa is er ... Ewi' red't er nu ..«

Leiberer ist Junggeselle gewesen. Die alte Marie, seine Köchin, hat ihm den Haushalt gemacht. Vor Rappoldsberg, auf einem kleinen Buckel ist sein nettes Häusl gestanden. Gerichtet hat er nie was dran, sein Lebtag nicht. Das größte Interesse hat er an Altertümern gehabt. Alle seine Stuben und Kammern sind voll gewesen davon. Wie in einem Antiquitätenladen.

Wie der Stiesinger mir eine solche Botschaft gebracht hat, bin ich noch einmal zum Doktor hinaus. Die alte Marie hat mich traurig empfangen. Ich frag sie, wie's dem Doktor geht. Da fängt sie zu zittern und zu weinen an und führt mich in die obere Kammer zu ihm. Seine Verwandten sind schon dagewesen, zwei ältere Schwestern von ihm und ein jüngerer Bruder mit einem unsympathischen Beamtengesicht, dem seine Frau und ein Mann von der einen Schwester, ein dicker, großkopfiger Zigarrenhändler.

Wie mich der Kranke gesehen hat, ist seine Miene besser geworden. Er hat ein wenig gelacht und mich fast brüderlich angeschaut.

»Das ist schön, daß ich dich noch seh, Oskar«, sagt er matt aber schier noch gemütlich: »Setz' dich nur gleich her zu mir ... Da, da, gleich daher ... Es dauert sowieso nimmer lang – die da –« und damit hat er eine leichte Handbewegung auf seine Geschwister zu gemacht – »die warten sowieso schon drauf.«

»Joseph! Aber Joseph!!« haben in dem Augenblick die zwei Schwestern gewimmert. Mir ist's selber peinlich geworden. Ich hab' vor Verlegenheit bloß immer auf den Kranken geschaut und gemerkt, wie dem sein Gesicht auf einmal frischer geworden ist. Es hat boshaft in seinen Mundwinkeln gezuckt. Nein, nein, hab' ich denken müssen, nein, der stirbt noch nicht, der wird wieder.

»Soweit geht's mir ganz gut, aber es ist halt alles aus ... Aber siehst du, so einen Tod, den hab' ich mir immer gewünscht ... Bis zuletzt wissen, was los ist«, hat jetzt der Doktor wiederum gesagt. Ich wollt' eigentlich auch was reden, hab' aber kein Wort herausgebracht und nur immer den Kopf geschüttelt. Recht trübselig war mir zu Mut.

»Mensch!« sagt da der Doktor schier spöttisch: »Mannsbild! ... Was schaust' denn so?! ... Was ist denn das schon? So geht's doch jedem! ... Vielleicht zwei, drei Stunden noch, alsdann zieh'n sie mir das Totenhemd an, die schwarze Wichs drüber und legen mich in einen Sarg, aus ... Die da wimmern und weinen, und jeder erzählt, was für gute Eigenschaften ich gehabt hab', was ich für ein netter Mensch gewesen bin ... Und nachher verteilen sie meine Sachen und raufen sich drum ... Der will das, der andere das ... Gestritten wird, na ja, wie's eben so zugeht auf der Welt ... Marie? ... Ist's nicht so? ... Sag's selber?« Er hat auf die alte, traurige Köchin geschaut, die grad hereingekommen ist und ganz zermürbt dreingeblickt hat. »Ja ja, jajaja, Herr Dokta«, wimmert sie demütig und wischt sich die Augen aus. Die Geschwister hockten herum, sagten gar nichts und seufzten bloß.

Offen gestanden, ich wär' am liebsten davongelaufen.

»A–aber Joseph! Joseph? .. Wer wird denn an sowas denken? ... Joseph, denk doch an deinen christkatholischen Glauben! ... Joseph!« hat endlich die eine Schwester, eine gute Fünfzigerin mit einem verhutzelten Gesicht, gewimmert. Es war aber doch was Zurechtweisendes in dem Ton.

Und der Bruder hat gemurmelt: »Du stirbst nicht, Joseph.« Wirklich – alle sind sie dagesessen wie geprügelte Hunde und haben wiederum geseufzt.

Der Doktor Leiberer ist auf einmal noch lebendiger geworden und hat versucht, sich aufzurichten. Die alte Marie und ich halfen ihm, auch die Geschwister wollten es. Ich hab' meinen Arm um den Rücken des Kranken gebogen und ihn gehalten. Er hat hart und zornig auf seine Verwandten geschaut.

»Glauben?« sagt er scharf: »Glauben? ... Ich kenn' mich da nicht recht aus! ... Was drüben passiert, wird sich schon herausstellen ... Mir ist nicht angst davor ... Ich geh' in der besten Ordnung aus der Welt. Meine Antiquitäten gehören zur Hälft' euch, alles andere muß der Marie bleiben, basta ... Ihr könnt mir bloß einen Gefallen tun. Rauft nicht um jedes Trumm ... Ich glaub' euch sogar, daß ihr euch grämt, weil ich sterben muß ... Warum auch nicht? Es ist ekelhaft, nicht wahr, sehr ekelhaft, wenn einer so daliegt, der dran erinnert, daß man auch mal so daliegt ... Hm, dumm sowas, saudumm ... Aber meine lieben, guten Leute« – er sagte das so aufdringlich spöttisch, so boshaft, als wenn er mitten im Leben stünd' – »gell, wenn ich als Lump und Habenichts gestorben wär, das wär euch doch zuwider gewesen, nicht? Ihr habt es mir zwar euer Lebtag gewünscht, macht nichts, macht gar nichts! ... Aber so scheinheilig sein, das ist nicht schön von euch?! .. Gar nicht schön! ... Ich wenn so an einem Totenbett hocken würd' und könnt noch dazu den Kerl nicht leiden und wüßt', wenn er hin ist, krieg ich das und das – ich würd' mich, aufrichtig gestanden, ein bißl freuen . . . Stellt euch doch vor . . . So unverhofft was Schönes kriegen!? . . . Stellt's euch doch vor!« Er war blaurot vor Anstrengung. Die Schwestern machten immer trübseligere Gesichter und wimmerten fort und fort: »Aber Joseph! Joseph!« Er fing zu husten an. Die alte Marie weinte und betete flüsternd. Wir haben den kranken Mann wieder aufs Kissen niedergelegt. Ich wär' am liebsten auf und davon, aber auf einmal spürte ich, wie Leiberer meinen Ärmel anfaßte, und hab' mich zu ihm hingedreht.

»Doktor, wos is's denn?« hab' ich gefragt. Er ist dagelegen, hat wieder regelmäßiger geschnauft und ganz traurig sind seine Augen gewesen. Er hat starr zur Decke geschaut, grad so als wollt er warten auf den endlichen Tod. Stockstumm ist's geworden, bloß sein Atmen hat man gehört und alsdann – das war wie wenn's schon sein Geist erzählen würd' – hat er mit einer seltsam leichten Stimme zu erzählen angefangen:

»Mein Gott«, sagt er, »jeder muß ja fort. Keiner bleibt. Das – das hab' ich einmal so haargenau erlebt, daß mir schon beim Drandenken wohl wird . . . Ja–ja–ja, jeder muß fort, keiner bleibt, gar keiner . . . . . Das ist in Rußland gewesen. Wir sind in ein zerschossenes Dorf eingezogen. Da haben die Leute, die noch dageblieben waren, ihren Gutsherrn auf dem Friedhof begraben . . . Das war ein armseliges, trauriges Begräbnis . . . Bloß etliche alte Bauern, Weiber, massenhaft polnische Juden und verwahrloste Kinder sind aus dem Gottesacker gekommen, wie wir ankamen . . . . Es ist von jedem erzählt worden, was der Verstorbene für ein unmenschlicher Rohling gewesen ist . . . Alles hat ihm gehört, die Menschen, das Schloß, das Dorf, die Wälder und Felder.

›No‹, sag ich zu einem kleinen Juden, ›jetzt seid ihr aber wohl froh, daß der Hund tot ist, was?‹ Aber der zerwutzelte Mensch hat den Kopf geschüttelt und traurig gesagt: ›Abärrr fui, fui, Panje, fui, fui! . . . . *Derrrr* is tot und in den Grab, abärrr mirrr missn auch stärben, genau so stärrben!‹«

Der Doktor packte jetzt meinen Arm fester. Seine Augendeckel fielen mehr und mehr zu, er rührte sich kaum noch und ganz hellstimmig hat er auf einmal herausgehaucht: »*Auch* ste–e–erben, verstehst du! *Auch* – –« Er schnappte nach Luft. Die alte Marie hat sich über ihn gebeugt. Die Verwandten sind ans Bett. Der Doktor machte noch einmal die Augen zuckend weit auf. Es war schon nichts mehr von Leben in ihnen. Er hat den Kopf gerührt. »Aa–au – auch – auch st–ster« plapperte er und mitten drinnen ist ihm das Wort abgebrochen. Seine Augen haben sich verdreht, seine Lippen klappten für ewig zu. Er war tot. Auf seinem gelben, eingefallenen Gesicht war was wie eine klare Ruhe ....

So hab' ich keinen mehr aus der Welt gehen sehen. –

Das sinnvollste Beispiel

Es mag mir vielleicht als Rührseligkeit ausgelegt werden, meinetwegen: Immer, wenn ich durch Bitternisse und Enttäuschungen niedergedrückt werde, steht das Bild meiner seligen Mutter, meiner alten Mutter, vor mir auf. Ich sehe sie nicht als irgendeine verschwommene Idealgestalt, etwa so, wie manche Dichter und Maler ›gütige Mütter‹ darzustellen belieben. Ich kann ihr nichts hinzu- und nichts wegdenken, und es ist eigentümlich, daß in den lang-langen Jahren des Exils, das nun zu einer konstanten Diaspora auszureifen beginnt, die Erinnerungen und Vorstellungen meiner Heimat langsam ausblassen. Das Bild meiner Mutter dagegen verlor nichts an lebendiger Leuchtkraft und blieb unwandelbar.

Ich erinnere mich, als wäre ich noch einmal fünf Jahre alt, da versammelten sich einmal bei hereinbrechender Nacht die Dorfleute vor unserem Hause. Sie knieten auf die Straße und beteten mehrere Rosenkränze für eine ›schwerkranke Person‹. Diese ›Person‹ war meine Mutter. Sie lag nach ihrer zehnten Geburt droben in der Ehekammer in hohem Kindbettfieber und schwebte zwischen Leben und Tod. Die Betenden hatten ernste Gesichter und seufzten mitunter. Eintönig klangen ihre frommen Worte durch die Stille. Auf einmal wurde es oben in der Kammer hell. Das Fenster öffnete sich, und meine Mutter tauchte auf.

»So weit, daß ich sterben muß, ist's noch nicht! Geht's nur wieder heim!« sagte sie ruhig, fast ein wenig abweisend. Die verblüfften Beter stockten, starrten wortlos, standen endlich auf, bekreuzigten sich und gingen auseinander ...

Und es fällt mir ein – seit ihrer fünften Geburt litt sie an sogenannten ›offenen Kindsfüßen‹, die sehr schmerzten und oftmals eine gefährliche Blutvergiftung zur Folge hatten. Mit ›Fuß‹ meint der Altbayer das ganze Bein, und die tiefen Wundlöcher meiner Mutter zogen sich vom Fußknochen bis zu den Waden hinauf. Blutdurchädert und krankhaft violett war die Haut um diese Löcher. Blutvergiftung nannten wir zu damaliger Zeit ›Rotlauf‹, und bei den Bauern meiner Heimat vertrat man selbigerzeit die Ansicht, daß so ein offner ›Kindsfuß‹ nicht zuheilen dürfe, da sonst die ›schlechten Säfte‹ in den Körper eindrängen und unweigerlich den Tod herbeiführen würden. Deswegen ging meine Mutter nie zum Arzt. Sie wusch ihre Wunden allabendlich, legte ein mit gelber Salbe bestrichenes Läppchen auf sie und band das Bein mit groben Leinenstreifen ein. Die Salbe galt als uraltes Universalmittel, und wahrscheinlich hatte eine Leidensgenossin dazu geraten. Im heißen Sommer dagegen benützte meine Mutter statt dieser Salbenläppchen die großen, dem Spinat ähnlichen kühlenden Blätter des Huflattichs für ihre Wundlöcher. Darüber kam der leinene Verband. Tagsüber werkelte sie wie immer. Es schien, als kenne sie keinen Schmerz oder empfinde ihn nur als lästige Störung, der man nicht nachgeben dürfe. Sie war von einer rätselhaften Mitleidslosigkeit gegen sich und klagte nur ganz selten. Ihre Gesundheit war, wie man bei uns zu sagen pflegte, eisern. Eine ›feste‹ Natur, meinte sie, die kann jede Krankheit ›durchreißen‹, und wenn nicht, nun, alsdann sei's einem eben ›aufgesetzt‹, leidend zu bleiben oder zu sterben, und:

»Weibersterb'n is koa Verderb'n,
aba 's Roßverrecka, dös konn oan schrecka!«

hieß es bei uns. Das hielt sie zeitlebens für richtig.

Einmal aber mußte sie sich doch hinlegen, weil die Wunden eiterten und die Beine sie nicht mehr trugen. Der Arzt vom Bezirksort Starnberg, der vollbärtige Doktor Penzel, mußte kommen. Der machte nach der Untersuchung ein bedenkliches Gesicht. Er genoß das Vertrauen der Leute, weil er sehr grobschlächtig war und nie viel herumredete. »Tja, Frau Graf«, sagte er geradeheraus, »da wird's halt bald eine schöne Leich' geben ... Aufstehen dürfen Sie mir vorläufig nimmer, verstanden?« Meine Mutter nickte und lächelte ein wenig, ganz so, wie es ihre Art war: ein bißchen unsicher, ungläubig und listig, aber nicht weiter betroffen.

Nach drei Tagen, als der Doktor wiederkam, stand sie schon wieder in unserer großen Wohnkuchel am Herd. Der Penzel war außer sich und polterte, ob sie denn den Verstand verloren habe, sie müsse sofort wieder ins Bett.

»Ja, freilich, Herr Doktor!« sagte sie gemütlich und schaute ihn ungerührt an. »Wer tut denn meine Arbeit? Wer soll denn abspülen, wenn alle aufs Feld müssen?« Sie legte sich, obwohl der Arzt die schlimmsten Folgen prophezeite, nicht wieder hin, und schließlich ging es auch so. Krank werden und ins Bett legen war nicht nur zwecklos, es war schon der Anfang vom Sterben. Den Tod fürchtete sie, das Sterben war unheimlich. Besser, man werkelte über dieses Fürchten hinweg. Arbeit war ihr ein und alles, Arbeit war Leben.

Ich habe sie nur einmal wirklich zerknirscht und wütend gesehen: als wir sie, aus Angst, sie möchte wieder zu früh vom Krankenlager aufstehen, in das Bett gebunden hatten. Sie wehrte sich giftig dagegen, den Arzt zu rufen, denn Arztkosten waren für sie völlig überflüssige Ausgaben. Tee mit Rum, ein Glas Rotwein, heiße Kleieumschläge, selbstangefertigter Arnika- oder Taubeerenschnaps halfen genauso, und ein von der Apotheke gekauftes Medikament mußte für vieles herhalten. Unsere Hühner zum Beispiel bekamen manchmal den sogenannten ›Zipp‹, eine plötzliche Hornhaut auf ihrer Zungenspitze, die sie so am Fressen hindert, daß sie verhungern, wenn man ihnen den ›Zipp‹ nicht gewaltsam herausreißt. Dabei bluten sie und sind noch eine Weile marode, erholen sich aber sehr schnell, wenn man ihnen eine vom Tierarzt verordnete Flüssigkeit einflößt. Wieder einmal nach dem ›Zipp‹-Reißen nahm unsere Mutter ein Medizinfläschchen aus dem Wandschrank in der Küche und versorgte die kranken Hühner damit. Sie schüttelten sich nach dem Einflößen, ihre Federn sträubten sich, und aufgeregt gakkernd rannten sie hin und her. Auf einmal fielen sie tot um. Betroffen schüttelte unsere Mutter den Kopf: »Tja, tja, jetzt hab ich ihnen doch eine Medizin 'geben!« sagte sie und zeigte die Flasche. Die enthielt eine alt gewordene Flüssigkeit, die unsere Schwester Emma gegen ihre gefährliche Augenentzündung verschrieben bekommen hatte. Medikament war eben Medikament und mußte allseits helfen für Mensch und Tier.

Komplizierte Gedankengänge verstand meine selige Mutter nicht. Sie dachte einfach und praktisch und handelte auch so. Sie war eine fromme Katholikin und von Kind auf in einem religiösen Orden, der sie verpflichtete, täglich zwölf Vaterunser zu beten. Da sie aber bis zu ihrem Tode in der Frühe um vier Uhr aufstand und unentwegt arbeitete bis zum abendlichen Gebetläuten, fielen ihr oft beim Mittag- oder Nachtessen, wenn sie den Löffel zum Mund führte, die Augen zu. Sie raffte sich schnell auf, lächelte fast verschämt und aß zusammengenommener. Einmal fragte ich sie verborgen spöttisch: »Jetzt sag mir doch einmal, Mutter, wenn dir vor lauter Müdsein die Augen schon beim Essen zufallen, wo und wann betest du denn eigentlich jeden Tag deine zwölf Vaterunser?« Sie sah mich arglos verwundert an und antwortete mit entwaffnender Selbstverständlichkeit: »Tja, jetz du bist gut, hm ... Ich hob doch an gut'n Stuhlgang ... Wo soll i's denn betn? Auf 'm Abtritt halt, da hab i doch die meiste Zeit dazua!« Sie begriff nicht, daß wir das komisch fanden. Glaube und Leben waren für sie eine einzige Wirklichkeit, und diese wirkliche Einzigkeit bestimmte auch das Geringste in ihrem Dasein.

Außer dem Gebetbuch las sie nur den Kirchenanzeiger im Starnberger ›Land- und Seeboten‹. Darin standen die Messen und die Todesfälle. Das war genug. Bigott war sie zu keiner Zeit, und Eiferei gegen Andersgläubige kannte sie schon deshalb nicht, weil sie sich gar keine andere als die katholische Religion vorstellen konnte. Wir Kinder beispielsweise nahmen es mit der Religion und dem Kirchengehen nicht allzu ernst. Das kam von der eigentümlichen Freigeisterei unseres Vaters und von unserem vielen Lesen. Der Pfarrer rief meine Mutter zu sich und machte ihr Vorhaltungen.

»Ja, mein Gott, Hochwürden«, sagte sie ein wenig wehmütig, »nachher muß halt ich für sie beten. Wenn sie älter sind, werden sie schon zum Verstand kommen.« Sie konnte nur wehrloses, stummes Beispiel sein. Der ererbte Glaube blieb unverrückbar in ihr. Auf den verließ sie sich, denn Generationen ihresgleichen hatten schließlich vor ihr so geglaubt, also mußte es schon seine Richtigkeit mit ihm haben. Aus dieser Beharrlichkeit floß die lebendige Weisheit ihrer Güte. Darum war sie wahrhaft demütig. »Man kann keinen zwingen«, sagte sie. Das entsprach ihrer Natur. Es gab Unrecht und Schlechtigkeit auf der Welt, das war eben so. Sie sagte: »Die Schlechtigkeit ist nicht umzubringen, bloß *wir* dürfen nicht schlecht sein.« Das hat mich, als ich viel später einmal genauer darüber nachdachte, tief überrascht, und seither ist es mir oft vorgekommen, als hätte sie damit mehr gesagt als die weitschweifigen Philosophen und Moralisten in ihren Büchern. Sie konnte nur gut sein zu anderen Menschen, mochten sie nun beschaffen sein wie immer, gehässig, mißtrauisch und böse oder arglos wie sie. Und schließlich gab es nur einen einzigen gerechten Ausgleich: den Tod. Dem konnte niemand ausweichen.

Wie alle echt katholischen Menschen hatte sie jene unausrottbare Grundhaltung, die aus der hilflosen Melancholie jeder Kreatur wächst, nämlich: »Alles, was ist, vergeht, warum also überheben wir uns? Nackt sind wir nackt und tot sind wir ein Haufen Dreck. Warum machen wir bloß soviel Wesen von uns her?« Der Tod stand rätselhaft und unabwendbar über allem Leben. Er war mächtiger als alles Menschenwerk. Die Furcht vor ihm erfüllte ihr einfaches Leben und Fühlen, gerade *weil* sie so gesund war und mit jeder Faser am Leben hing. Deswegen ihre nüchterne Verständnislosigkeit gegenüber aller menschlichen Größe, deswegen auch das respektlos Kommode und Gemütliche in ihrem Humor.

Einmal kam einer unserer Brüder, der in Amerika reich geworden war, zu Besuch und fuhr sie im Auto nach Rom, zum heiligen Papst. Mit vielen frommen Pilgern kniete sie vor ihm und erhielt den Segen, aber als sie nach ihrer Heimkehr von ihm erzählte, staunten wir inwendig belustigt über sie. »No«, sagte sie, »der Papst ...? Wie groß kann er sein?

So, so vielleicht. Größer ist er ganz gewiß nicht« – und sie deutete mit der erhobenen Handfläche die Kleinheit seiner Gestalt an –: »Ganz ein mitterner Mensch ist er, recht ein mitternes Mannsbild ...« Und sie erinnerte daran, was im Vergleich zu dem unscheinbaren (mitternen) Papst unser unvergeßlicher König Ludwig II. für ein großmächtiger, stattlicher Mann gewesen sei und was für große Hände der gehabt hätte. »Mei Liaber, dös is ein Mannsbild g'wen, do hast 'naufschaun müssn, so groß is er g'wesn! Der hat was vorg'stellt ...! Und solcherne Händ' hat er g'habt!« Wieder beschrieb sie andeutend die großen königlichen Hände.

»Ja, aber Mutter«, spöttelte ich, »dafür ist der Papst aber heilig und der Stellvertreter Gottes auf Erden?!« Das focht sie nicht an.

»Jaja, schon, schon«, meinte sie enttäuscht, »aber für so was Heiliges hätten sie doch auch einen größeren Menschen 'raussuchen können!«

Groß war nur Gott allein ...

Ebenso fremd wie komplizierte Gedankengänge blieben meiner seligen Mutter auch derartige Gefühle. Gewiß konnte sie an einem Grabe weinen und bei Lustigkeiten schüttelnd lachen. Trotz ihrer ›Kindsfüße‹ tanzte sie noch bei Hochzeiten brauchmäßig, und wenn sie vom Bier, das sie sehr gern mochte, etwas zuviel trank, fingen ihre kleinen graugrünen Augen zu glänzen an, und alles in ihrem Gesicht heiterte sich immer mehr auf; aber alles Übertriebene war ihr zuwider. Lob machte sie verlegen, und Zärtlichkeiten zeigte sie kaum einmal. »Mutter, sag einmal, hast du eigentlich damals, als du geheiratet hast, den Vater geliebt?« fragten wir sie einmal. Sie lächelte winzig und machte eine Miene, als habe man die sonderbarste Frage an sie gerichtet, und antwortete: »Hm, ich hab schon müssen.« Sie sagte es halbwegs humorvoll und dennoch unsicher, aber ohne den geringsten Mißklang. Zum Leben gehörte eben, mit einem Manne verheiratet zu sein, Kinder zu bekommen, sich etwas erarbeiten und zum Schluß das Sterben. Was darüber hinausging, das war – nach ihren eigenen Worten – »nicht mehr recht«.

Sie war Mutter und sonst nichts. Und so stand sie zu allen älteren und jüngeren Dorfleuten und Verwandten. Es gab eine Geburt, das Kind wuchs auf, ging in die Schule, wurde schließlich großjährig, wurde ein fest gewachsenes Weib oder ein Mannsbild mit einem Bart und heiratete. Für sie war es noch immer der ›Marterer-Bub‹, oder die ›Kramerfeicht-Liesl‹. Sie hing mit all diesen Menschen zusammen, als seien sie ihre eigenen Kinder, und deren Geschick lief mit dem ihrigen von jungauf ins Älterwerden bis ans Ende, fast wie das Leben und Treiben auf der Dorfstraße, das sich bei allem Wechsel im Grunde genommen immer gleich blieb. Glück und Verhängnis brachte dieser Wechsel, und beim einen wie beim anderen zeigte sich's, wie so ein Mensch geraten war, denn das eine wie das andere konnte wegführen vom ›Rechten‹. Derjenige, der sich ebenso unverdrossen abmühte wie sie und es schließlich zu etwas brachte, zwang meiner Mutter immer einen innerlichen Respekt ab, und wenn er dabei noch den rechten Humor aufbrachte, gewann er ihr Herz. Dieses Herz war jedem anderen gegenüber aufgetan, es ließ alles und jeden gelten, das Ohr hörte gläubig und arglos zu, und der Mund hatte nie etwas einzuwenden, aber manchmal, wenn so ein Mensch fortgegangen war, sagte meine Mutter: »Der red't auch viel, wenn der Tag lang ist.« Das hat mich, als ich großgewachsen war, zuweilen auf den Verdacht gebracht, als halte sie im großen ganzen nicht allzuviel von den Menschen. Dennoch konnte sie ein Streit von Leuten, die sie kannte, peinigen. Ohne sich in solche Angelegenheiten zu mischen, versuchte sie die Streitenden stets zu versöhnen, denn ihr lag der altbayrische Spruch »Der G'scheitere gibt nach« gewissermaßen im Blut. Sie gab überall nach. Man nennt eine solche Nachgiebigkeit Charakterschwäche. Ihr innerstes Wesen aber bestand aus Geduld und Duldung. Nichts liebte sie mehr als den Frieden im Kleinen und im Großen. Darum mochte sie den Krieg nicht. Er zog die Menschen von ihrer gewohnten, sinnvollen Beschäftigung weg, entriß die Söhne der Mutter, brachte Leid und Elend und war zu nichts nutze. Und ›Vaterland‹? Ich habe das Wort von ihr nie gehört. Ihre Welt lag ganz woanders. Damals, als unser reicher amerikanischer Bruder sie mit zum Papst nach Rom nahm, war sie, nachdem sie die Gemarkung der Pfarrei Aufkirchen verlassen hatten, todunglücklich. Sie fuhren durch die mächtigen Alpen, und die hohen Berge beengten sie. »Hmhm, gar nix mehr sieht man«, sagte sie, als die andern sich begeisterten: »Wo'st hinschaugst, nix als Berg ... Hmhm, nix wie Berg!« Und Italien blieb ihr fremd, und von keiner Stadt sah sie etwas, und als sie endlich, daheim angekommen, aus dem Auto stieg, lebte sie erst wieder auf und sagte: »Dies ist der schönste Moment vom ganzen Hin- und Herfahren!« Daheim war sie wieder, daheim in ihrer Welt, im Dorf und der Heimat, auf dem Boden mit dem Ruch nach Mist und Heu, nach Stall und gebackenem Brot, mit dem großen, ewig gleichen Himmel darüber, dem sie das Wetter ablas. Da waren die Menschen, die der Wogengang der Weltgeschehnisse recht wenig anging, weil in ihrer Welt das scheinbar ganz Große da draußen ins Kleine, ins Natürlich-Menschliche reduziert war, das sie in- und auswendig kannten, nur mit dem *einen* Unterschied, daß man sich bei allem Hinundhergetrieb der Interessen und Meinungen nicht totschlug oder niederschoß, sondern einzurichten und zu vertragen versuchte. Nur die *Ver*träglichkeit dieser Leute untereinander machte das Leben *er*träglich. Das war die schlichte Endsumme in der Rechnung ihrer Erfahrungen, ihrer Mühen und ihrer Stetigkeit. Darum hatte meine Mutter selig jene geruhigen Menschen, die gut miteinander auskamen und nichts aus sich machten, aufrichtig gern. Sie waren ihresgleichen, und es tat ihr wohl, mit ihnen an den Sonn- und Feiertagsnachmittagen gemütlich plaudernd zusammenzusitzen. Da erzählte sie mitunter in ihrer weit ausholenden, heiteren Art Geschichten von früher. Sie konnte lachen dabei, daß ihr die Tränen kamen. Der derbste Spaß war ihr in solcher Gesellschaft gerade recht, und der robuste bäuerliche Humor, der nichts Ordinär-Anrüchiges kennt, entsprach ihr vollauf, weil er alles schlecht und recht beim richtigen Namen nannte. Dennoch hätten zarter besaitete Gemüter eine solche Unterhaltung manchmal höchst anstößig empfunden, glaube ich. Sie aber fühlte sich ganz daheim dabei. Und wenn man sie dann unvermerkt von der Seite ansah, bekam man den Eindruck, als sei sie nie ganz jung gewesen, aber auch nie älter geworden. In all ihren tief mütterlichen Jahren und Jahrzehnten schien sie sich gleichgeblieben zu sein: bis zum letzten Atemzug voll natürlicher Lebenskraft.

Nein, ich sehe meine Mutter nicht als Idealgestalt. Ich sehe sie, wie sie mitten im ersten Weltkrieg in der Backstube vor dem Trog steht. Schon über sechzig Jahre ist sie alt, hat elf Kinder geboren, hat längst ihren rebellischen, unruhig weitsichtigen Mann, unseren Vater, verloren, an dem sie mit ihrer fast kreaturgeduldigen Art hing, obgleich sie nie begriff, daß er immer hektischere Pläne aussann und aus seinen engen Grenzen hinauswollte, da steht sie und werkelt noch immer Tag für Tag. Sie krempelt ihre Ärmel auf, greift in den Teig und knetet ihn mit aller Kraft. Ihr Gesicht ist dabei ruhig, sachlich und ein wenig wehmütig. Aber das merkt niemand.

Denn das Haus war um jene Zeit ›mannsbilderleer‹, und das Geschäft mußte doch irgendwie weitergehen. Die Bäckerei war die einzige im weiten Umkreis. Meine drei Schwestern waren in der Stadt und lernten andere Berufe. Und die Brüder im fernen Amerika oder im Krieg draußen, und Gesellen gab es auch nicht mehr, denn – so hieß es – »die Front braucht Menschenmaterial«.

Und –? »Ja, deswegen kann man doch die Bäckerei nicht zumachen!« sagte meine Mutter. Also buk sie. Sie stand am Backtrog, sie schob die Semmeln und Wecken in den Ofen, sie spaltete Holz, als hätte sie das alles seit eh und je gemacht. Sie rackerte unverdrossen und selbstverständlich.

Und dann kam eines Tages die Nachricht, daß der älteste Bruder, dessen Frau und drei Kinder daheim waren, im Westen gefallen sei. Und die Frau überließ sich nur noch dem Trauern und wurde sehr dick dabei. Meiner alten Mutter kamen etliche Tränen, ja! Sie ließ die üblichen Messen lesen. Aber sie stand Tag für Tag in der Backstube.

»Lieber Oskar!« hat sie mir damals an die russische Front geschrieben. »Der Maxl ist gefallen. Der elendige Krieg bringt bloß Unglück und ist kein Schuß Pulver wert. Gruß Mutter.« Schreiben war nicht ihre Sache. »Schließe den Maurus und Dich schon ins Gebet, daß nichts passiert«, stand einmal in ihren lang hingezogenen, ungelenken Schriftzügen im Brief der Schwestern.

Einst war auch sie jung gewesen. Eine Bauerntochter. Sieben Schwestern und kein Bruder, kein Mannsbild auf dem großen Hof. Ihr Vater war gestorben, als sie noch zur Schule ging. Mit zehn Jahren mußte sie jeden Tag in der Frühe um zwei Uhr aufstehen und hinaus auf die taunassen, nebligen Felder. Barfuß stand sie im kalten Gras und schwang die Sense wie die anderen, die Älteren. Und um sieben Uhr konnte sie heimgehen und mußte zur Schule nach Aufkirchen. Und als sie zwanzig war, da kam einmal ein notiger, lauter, lustiger Bäckergesell, der bislang in der Welt draußen gewesen war. Kam, hockte sich an einem Sonntagnachmittag in der rußigen Bauernkuchl an den Ofen und sagte ohne Umschweife: »Bei mir hat's eine nicht schlecht, Resl! Du wärst grad recht für mich . . .« Er hatte ein schäbiges Gewand an, hatte neun Geschwister im verschuldeten Bäckerhaus daheim, aber, meinte er: »Ang'fangen hat noch jeder . . .«

Und nach Wochen war eine Hochzeit, und meine Mutter bekam tausend Gulden. Und sie weinte, als mein Vater mit diesem Geld anfing, Mehl und Waren einzukaufen. Denn am Geld, da klebte der Schweiß harter Arbeit, das Geld mußte man halten für die schlechten Zeiten.

»Unsinn!« sagte mein Vater. »Das Geld, das ist da, daß man was anfängt damit . . .! Wein doch nicht, Resl! Verstehst mich denn nicht? Die tausend Gulden werden bald mehrer sein!«

Ja, das Geld ist ›mehrer‹ geworden. Das Haus ist durch die Baulust vom Vater größer geworden, die Bäckerei hat sich verändert und verbessert, Kinder sind zur Welt gekommen, in den Laden kamen Leute vom Dorf und die feinen Sommergäste, aber Tag auf Tag ist meine Mutter um vier Uhr in der Frühe aufgestanden, hat uns Kindern das Brot in die Körbe gezählt, hat im Haus, im Stall und auf dem Feld gewerkelt, wie sie es von Kind auf gewohnt war. Und wir haben genauso gearbeitet. Die Buben in der Backstube, die Mädchen im Haus und auf dem Feld, und so ist's, wie unser Vater immer gesagt hat, ›umgegangen‹.

Das Geld ist eigentlich, wenn man's recht betrachtet, gar nicht ›mehrer‹ geworden, es hat sich nur in Dinge verwandelt, die notwendig waren. ›Mehrer‹ ist bloß die Arbeit geworden, die redliche, die fortzeugende Arbeit!

Und die Jahre sind hingegangen, und gestorben sind Geschwister und der Vater, und Kummer hat es gegeben, und Mühe ist alles gewesen – ja, Krieg ist auf einmal dagewesen, der ›elendige Krieg‹, und die Brüder sind gefallen, aber meine alte gute Mutter hat sich die Ärmel aufgekrempelt und weitergemacht.

Zuletzt lebte sie im ›Austrag‹. Fünfundsiebzig Jahre hatte sie hinter sich, und die Arbeit war nicht mehr soviel. »Aber«, sagte sie, »ein alter Mensch ist bloß noch ein rostiges, altes Eisen und nix mehr wert.«

Ehe ich von der Heimat fortmußte, sah ich sie noch.

Klagte sie? War sie mürrisch geworden? Schlief vielleicht etwas wie Gram in ihr, weil sie nichts vom Leben gehabt hatte? War sie etwa bigott geworden wie viele, die am Ende ihrer Jahre verschwiegen spüren: Alles läuft mir davon, es ist alles sinnlos gewesen?

Nein! Tausendmal nein! Ich ging fort in die ungewisse Fremde, und in der Heimat fingen die finsteren Zeiten an, und der nackte Schrecken geisterte durch die Städte und Dörfer, und das letzte Wort meiner Mutter ist gewesen: »Es hängt auch nicht allweil auf eine Seite ... Es wird scho' wieder anders ...«

Sie blieb, wie sie war, denn sie wußte: Nichts auf der Welt ist dauernd, und stark ist der Tod, aber das Leben überlebt ihn immer wieder wie der Ewige, der's so eingerichtet hat.

Und *ich* wußte bis zu dem Augenblick, da meine Mutter sterben mußte: Sie steht noch immer so da an jedem Morgen.

Jedesmal fängt für sie ein Tag an, der eben bezwungen werden muß!

Und wenn ich in Trübsal und Gram an sie denke, dann meine ich immer, es ist gut und es ist wunderbar, daß ich ein solches Beispiel hatte!

Das alltägliche Wunder

Wissen möchte ich, wie die zwei Kammererleute von Aining zusammen leben und hausen würden, wenn der Kammerer *nicht* stumm wäre. Jaja, stumm. Er kann wirklich seit seinem sechsundzwanzigsten Jahr kein Wort mehr herausbringen und heute ist er schon gleich sechzig.

Außer seinen zwei älteren Schwestern, die kurz nacheinander in schöne Anwesen einheirateten, ist der Kammerer-Sepp der einzige Sohn gewesen und hat den Hof bekommen. Nach seiner Militärzeit kam er heim und nahm das Regiment im Haus in die Hand. Der alte Kammerer kränkelte schon längere Zeit, mußte sich schließlich ganz hinlegen und verstarb bald darauf. Mit der alten Mutter weiterzuhausen, das ging auch nicht recht. Die sagte es selber. »Sepp«, sagte sie oft und oft: »Sepp, jetz werd's Zeit, daß d' a junge Bäurin herbringst ... I paß' bloß no' unters oit' (alte) Eisn. Mit mir is's nix mehr.«

Der Sepp suchte und fand. Ein halbes Jahr später heiratete er die Gütlerstochter Kreszenz Gmeinwieser von Wimbling. Eine Heirat war das, eigentlich gar nicht nach Bauernbrauch. Ewig gilt die Regel: »Wo was ist, muß noch was dazu.« Die Kreszenz aber brachte bloß eine magere Kuh und eine arg notige Aussteuer mit. Beim Kammerer hingegen war viel da. Zwanzig Stück Vieh im Stall, vier Rösser, achtzig Tagwerk Wiesenland und sechzig an Waldung, über ein solches Glück konnte die Kreszenz lachen. Und sie lachte auch – das heißt, alle zwei, sie und der Sepp lachten Tag für Tag. Kreuzfidel fing dieser Zusammenstand an, denn die zwei jungen Leute waren direkt höllisch vernarrt ineinander und sowas kommt bei Bauern nur ganz, ganz selten vor. Man kann schon eher sagen, gar nie.

Die Aininger schüttelten den Kopf über eine solch kindische Verliebtheit. Sie waren einfach baff. Mitten in der Feldarbeit oft – ohne sich vor den Knechten und vor der Dirn zu schämen – umhalsten sich die jungen Bauersleute und küßten sich zärtlich. »Geh, geh, geh! .. Dös is doch nu nia do'gwen!« brummten die Nachbarn auf den anderen Feldern und Äckern: »Geh, jetz do schaugt's!« Sie glotzten wie nicht gescheit. »Jaja«, meinte alsdann irgendein spöttisches Maul: »Jetz brennt's hoit no guat, dös frisch Feir (Feuer) ... Aba wart's nu, wenn amoi Kinda daherkemma, nachha werd's gor schnell auslösch'n.«

Im Gegenteil aber, als nach einem knappen Jahr das erste Kind zur Welt kam, wurde das verliebte Feuer der zwei Kammererleute schier lodernd. Richtig wie ein Turteltaubenpaar neckten sich die zwei den ganzen Tag, gaben sich Kosenamen und die Altbäuerin wunderte sich oft und oft: »Na – na, seid's dir ös zwoa komische Eh'leitln! .. Na, seid's ös übermüatig! .. Bei mir und mein' Sepp selig hot's dös gor nia net gebn.« Dennoch waren ihre Augen dabei mutterglücklich, denn die Kreszenz war nicht nur eine lustige Person, sie wußte auch was Arbeit heißt, war flink, blitzsauber und grundgut. Sie verstand anzuschaffen und die Dienstboten folgten ihr willig. Auf die Altbäuerin hielt sie was, auf sich erst recht und am allermeisten auf ihren Mann. Keiner konnte klagen über sie.

Das Allerdrolligste aber war – jeden Samstag nach der Arbeit rasierte die junge Bäuerin ihren Sepp selber. Hinten um den Ecktisch in der geräumigen Küche hockten die zwei Knechte und die Dirn und unterhielten sich. Die Altbäuerin saß unter dem Licht und strickte an einem Strumpf oder paßte auf das schlafende Kind auf, die Pendeluhr tickte gemächlich, und vorne am Herd, auf einem Holzschemel, saß der Bauer mit eingeseiftem, zurückgelehntem Kopf und lachte gurgelnd. Die Kreszenz wetzte unterdessen wie der geübteste Bader das blitzende Rasiermesser auf dem straffgezogenen Riemen, lachte genau so glücklich und zuletzt lachten alle miteinander.

Allerhand Späße flogen hin und her, und weil der lustige Bauer nicht immer still hielt, gab es mitunter leichte Schnitte. Das trug natürlicherweise wiederum zur allgemeinen Belustigung bei. Alsdann fing die Kreszenz gutmütig zu schelten an und einmal bei so einer Gelegenheit packte sie den Sepp fest am Haarschopf und drohte scherzhaft: »Herrgott Million! Mannsbild narrisch's! .. Glei schneid' i dir d' Gurgel o, wennst jetz net glei stad hoit'st.« Sie wollte gerade noch die eine Halshälfte von unten herauf glatt rasieren, hatte das Messer schon angesetzt, aber der junge Kammerer riß auf einmal hell lachend seinen Kopf nach vorne und da sauste das scharfe Messer tief in seinen Kehlkopf. Der Schnitt war so unglückselig, daß der Bauer überhaupt keinen Laut herausbrachte und bloß stumm nach vorne fiel. Die Kreszenz schrie gräßlich auf und verlor alle Fassung, das Messer glitt auf den Steinboden und ein dicker Blutstrahl zischte in großem Bogen aus dem Hals des Bauern. Die Knechte sprangen jäh auf, die Dirn drückte mit beiden Händen ihre Augen zu und plärrte, die Altbäuerin starrte eine Zeitlang totenblaß.

»U–u–uh–oh! Sepp! Holt's schnell an Dokta!« brachte die Kreszenz gerade noch heraus und schwarz wurde es ihr vor den Augen, sie brach zusammen. Die Knechte hoben den Bauern auf, die Alte band dicke Tücher um seinen Hals, das Blut rann und rann. Man legte den Verwundeten ins Bett. Ein Knecht radelte sofort nach Wazenhofen hinüber und kam mit dem Doktor im Auto zurück.

Die junge Bäuerin saß auf dem Bett und wimmerte in einem fort: »Sepp, Sepp! Heiliga Herrgott, Sepp, Sepp!« Sie schien den Verstand verloren zu haben. Mit Gewalt mußte man sie von ihrem Mann losreißen. Der Doktor verband den Bauern noch einmal notdürftig und nahm ihn gleich mit ins Krankenhaus nach Wazenhofen hinüber.

Jetzt war auf dem Kammererhof auf einmal alles anders. Zuvor war jeder Tag voller Lustigkeit, jetzt nur mehr eine *einzige* Traurigkeit.

Der Kammerer konnte gerade noch vom Verbluten gerettet werden. Lange, lange lag er zwischen Tod und Leben da, und als er endlich gesund war, hatte er die Stimme verloren. Er war, wie man so sagt, nur mehr »ein halberter Mensch.«

»Bittet, so wird euch gegeben werden«, lautet ein Sprichwort aus unserem Katechismus. Von unserem Herrn Jesus Christus selber ist's uns überliefert.

Die junge Kammererin ließ Messen lesen, sie stiftete für das Kloster Ammenbach eine große Summe, sie bat unseren Herrgott soviel wie nur ein Mensch bitten kann. Man kannte sie nicht mehr. Ein trauriges, zermürbtes, zerstoßenes Geschöpf war aus ihr geworden. Einmal während des Hochamtes, kurz vor der Wandlung – unheimlich klang es durch die fromme Stille – hörten die Beter die Bäuerin plötzlich laut und einfältig jammern: »Lieber Herrgott im Himmel droben, gib meinem Sepp das Reden wieder! Heiliger Herrgott, hilf uns!« Die Leute sahen erschreckt auf, die heilige Handlung war gestört. Etliche Weiber brachten die Wimmernde vorsichtig aus der Kirche. Es hieß allgemein, sie sei nicht mehr recht im Hirn.

»Bittet, so wird euch gegeben werden«, heißt es doch. Der Kammerer blieb stumm. Der Herrgott war taub. Das Glück war weg auf dem Kammererhof, das Unglück hatte sich gewissermaßen für dauernd eingenistet. Die junge Bäuerin verkümmerte sichtlich. Ihre dralle, gesunde Figur magerte ab, schnell zeigten sich die ersten grauen Strähnen in ihrem Haar, faltig und alt wurde ihr Gesicht, trüb ihre ewig verweinten Augen. Sie ließ nicht nach. Sie machte große Wallfahrten mit ihrem Mann, bestrich mit dem heiligen Wunderwasser solcher Orte seinen Mund. Der Sepp trank dieses Wasser auch. Sie fuhr mit ihm zu allen möglichen Spezialärzten in die Stadt, sie versuchte es mit der Sympathieheilkunde, sie ließ Gesundbeterinnen für ihren unglücklichen Sepp beten, wieder und wieder mußten die Klosterschwestern von Ammenbach Andachten abhalten. Die Kreszenz betete wo sie ging und stand. Sie vergaß vor lauter Frommsein fast die Arbeit und sogar ihren Mann selber. Die Leute sagten: »Zuvor is's narrisch g'wen in der Liab, jetz is's narrisch mit'n Betn! A so geht's aa net!« Die Bäuerin ließ nichts unversucht.

Am Herrgott läßt sich nicht herumdeuteln. Die Kammererin glaubte an ihn, wie man meistens bei uns auf dem Land an ihn glaubt. Er ist wirklich die letzte Zuflucht. Wenn keiner helfen kann, zu ihm schreit die Kreatur auf: »Hilf mir! Gib mir!«

Irgend einmal mußte dieses beharrliche Bitten doch erhört werden! Irgend einmal mußte Hilfe kommen. Wozu wäre denn sonst der Herrgott? Wozu seine Allmacht?

Die Zeit verging. – –

Die Bäuerin wird sicher oft insgeheim gedacht haben: »Was in Gottesnamen hab' ich denn für Schlechtigkeiten gemacht, daß mir, daß uns ein solches Unglück passieren mußte!?« Und sicher, ganz sicher wird sie auch gefunden haben, daß weder sie, noch ihr Sepp unrechte Menschen waren. Es läßt sich denken, daß sie manchmal ganz und gar irr, schier schon verbissen, nicht mehr recht an die himmlische Hilfe glaubte. Ihr Gesicht zeigte das mitunter. Etwas zweiflerisch Böses brannte vielleicht in ihr. Sowas wie eine regelrechte Wut auf den Allmächtigen.

Aber was half es? Nichts, gar nichts!

Und weil es so war – wie geht es doch einem Menschen, der auf irgend eine Weise in eine rettungslose Lage gerät und nach den ersten, wilden Anstrengungen sieht, es gibt wirklich gar keinen Ausweg mehr? Er wird matt. Er verliert die Kraft. Ja, er verliert die Kraft – aber er findet sich darein.

Die Bäuerin schaute ihren Sepp an. Der werkelte jeden Tag herum, denn außer seinem Stummsein fehlte ihm ja nichts weiter. Sie schaute ihn wieder an. Er stand vor ihr, stumm und ruhig. Sie bekam zitternde Kiefer, sie wollte reden, brach ab und weinte. Sie schüttelte so, als wenn unaufhörlich unsichtbare Peitschen auf sie einschlügen, den verwirrten Kopf und heulte. Sie wußte nicht mehr weiter.

Der Sepp machte ein gutes, ernstes Gesicht her. Dann strich er mit seiner schweren, derben Hand etliche Male über ihren zuckenden Kopf. Er tat's oft, wenn sie so daher wimmerte. Alsdann machte er sich wieder an die Arbeit. Er hielt wie ehedem das Haus und den Hof, die Äcker und Felder, die Dienstboten und das Vieh zusammen.

Die Bäuerin arbeitete auch wieder. Was blieb denn anderes übrig. Langsam, ganz langsam ließ ihre verstörte, heftige Frömmigkeit nach. –

Schau du einmal hinein zum Kammerer, schau dir jetzt die zwei alten Leute an! Und die vier festen Bengel, die jetzt schon groß sind! Wundergemütlich lebt die Familie zusammen. Es hat also gar kein »Gegeben werden« gebraucht.

Oder will unser Herrgott vielleicht das »Gegeben werden« so aufgefaßt wissen, wie sich's beim Kammerer entwikkelt hat? Gut also, wenn's einer glauben will, alsdann ist's auch recht . . . .

Das unrechte Geld

I

Immer, wenn ich an meine erste Jugend denke, fallen mir die zwei rührenden Perivlat-Leute ein, die jedes Jahr am Tag nach Mariä Geburt mit ihrer Drehorgel und den zwei Moritatenplakaten in unser Dorf kamen. Es waren das ein kleiner, ausgedörrt magerer Seemann von irgendwoher und sein gebücktes, zitteriges Weib. Er drehte die Orgel, sie hing das Plakat an einen Stab, sang mit ihrer klanglosen, verrosteten Stimme Vers um Vers und deutete dabei mit einem Rohrstöckchen immer wieder auf ein anderes Bild. Dabei hob sie manchmal harmlos warnend den verwuzelten Zeigefinger, schaute mit ihren grundguten Augen auf uns Kinder und nickte ab und zu mit dem Kopf, als wollte sie sagen: »Seht ihr's! So geht's den schlechten Menschen!« Wir standen um das Paar mit staunenden Mienen und folgten ergriffen jeder Bewegung der Singenden, Maul und Augen rissen wir mitunter erschreckt auf, wenn die schaurige Ballade am Höhepunkt war, sahen fast furchtsam auf das blutrünstige Bild, dann wieder auf die Alte und atmeten erst freier, nachdem sie mit dem Schlußvers anfing:

»Drum jag' dem Geld nicht nach, o Publiku-um!
Es ist bloß Teufelszeug und bringt die Freude nicht.
Bedenk', wenn du es hast, ist schon das Leben u-uum,
denn kommt der Tod, das Grab und das Geriiiicht . . .«

Ach, ich sehe sie heute noch, die liebenswerte Perivlatin, und ich höre sie oft und oft singen, singen gleichsam durch die hohe Luft über alle Dummheit und Vergänglichkeit dieser Welt hinweg, und dann bin ich wirklich sehr glücklich. –

Der alte Perivlat hatte ein spärliches Schnurr- und Spitzbärtchen, das ihm eine entfernte Ähnlichkeit mit Napoleon dem Dritten verlieh. Sein gedrängtes, knochiges Gesicht war auffallend gelbbraun und umrahmt von schlohweißem, dünnem Haar, das bis zu den eckigen Schultern reichte und sich hier lockte. Auf der kurzen, mopsdicken Nase saß eine runde, scharfe Brille und dahinter lagen lebhafte, wasserblaue Schlitzaugen. Den kugelrunden Kopf krönte eine schmutzige, weiße Seemannsmütze, um deren steifen Rand sich eine rötlichbraune Schärpe mit abgeblätterter, unentzifferbarer Inschrift zog, die mit den überkreuzten Enden hinten ins Genick fiel. Noch malerischer war die Kleidung des Alten. Er trug stets eine kurze, offenstehende, gelblichweiße Matrosenjacke mit Messingknöpfen, darunter ein ausgeschnittenes Trikothemd mit breiten roten Streifen. Der schmale, sehr enggezogene Ledergürtel hielt eine schlissige, mattblaue Hose, die unten weiter wurde, und endlich die nackten Füße steckten in verstaubten, uralten Sandalen.

Das aber war noch lange nicht alles, was die Erscheinung des alten Perivlat interessant machte. Er hatte nämlich außerdem noch ein höchst merkwürdiges Gebrechen, über dessen Herkunft niemand etwas wußte. Knapp oberhalb des Halszäpfchens war ein Loch, in welchem ein etwa fingerdicker, silberumrandeter Kork steckte, der rechts und links an zwei Lederriemen befestigt war, die hinten, unterm Haar, zusammengebunden waren. Der Alte konnte aus diesem Grunde nie ein lautes Wort herausbringen, und selbst das Lispeln machte ihm große Mühe. Er mußte dabei immer mit dem Finger auf den Kork drücken und man verstand ihn nur selten. Drückte man ihm die Hand, so nickte er freundlich und lächelte ein wenig, redete ihn jemand an, so hastete er rasch etliche Flüsterer aus sich heraus, spitzte den Mund, sah auf sein Weib, indem er einige Male mit seiner Rechten flüchtig gestikulierte, und die Perivlatin gab Antwort. Durch sie erfuhren die Neugierigen auch, daß ihr Mann einst in der Seeschlacht bei Lissa mitgekämpft habe und dabei verwundet worden wäre, seit langer Zeit aber schon so durch das Land zöge wie viele Invaliden, die man zu nichts mehr brauchen könnte. Sie erzählte das ohne jeden Groll, ganz gemütlich, und streichelte bei solchen Gelegenheiten dem Alten über Kopf und Gesicht, sah ihn altlieb an und küßte ihn mitunter auch auf die Backe. »Gell, jaaa-jaa, Alta! . . . . Mir haun no koin wölla wehtoa und ünsr Herrgottle haunt üns no ollweil g'hälfa weitar!« sagte sie alsdann meistens in ihrem allgäuerisch-tirolischen Dialekt. »Mir seia z'friedn mit 'ran Bündla Stroah bei dr Nacht. Deachtn di wöll, abr ünsa Herrgottle werd üns scho geaba amol a guat's Platzla in sei'm Himml droaba . .«

Überall, wo die zwei alten Perivlats hinkamen, liebte man sie, und besonders wir Kinder hatten sie in unser Herz geschlossen. Für uns waren sie wie Gestalten aus einer wunderbaren Legende. Geheimnisvoll und zugleich vertraut waren sie uns, wir sahen scheu zu ihnen auf, und das Fremdartige und Farbige der weiten Welt, das sie in unser Dorf brachten, regte unsere kindliche Phantasie an. Wir reimten uns über sie und ihr Leben die schönsten Geschichten zusammen, denn die zwei alten Leute gehörten in unser Jahr, wie etwa das Christkind oder der Osterhase. Aber nicht nur wir Kinder, auch die Erwachsenen hatten vor den Perivlats so einen geheimen Respekt, und das kam daher, weil die Perivlatin sehr gut Karten legen konnte und schon manchem im Dorf Dinge vorausgesagt hatte, die auf das Haar eingetroffen waren. Kein Wunder also, daß man sie oft reichlicher als üblich beschenken wollte, und daß jede Familie sie gerne über Nacht behielt. Indessen, die Perivlatin nahm nie mehr an, als sie gerade brauchen konnte, und das mit dem »Bündel Stroh« war kein leeres, scheinheiliges Wort bei ihr. Die zwei alten Leute nächtigten stets bei uns im Hause und schliefen, wenngleich man ihnen jedesmal Betten anbot, immer drüben im Stall, hinter den Kühen, auf einem Strohlager.

Das war immer ein großer Tag bei uns. Nach dem Essen kamen eine Menge Dorfleute in die Stube, alles hockte sich um den Tisch, zuerst wurde eine Zeitlang geredet, alsdann zog die Perivlatin ihre Karten heraus, mischte sie bedächtig,

1–3 *Mir haun no koin . . . g'hälfa weitar!:* Wir haben noch keinem wehtun wollen, und unser Herrgott hat uns noch immer weitergeholfen!

5 *Deachtn di wöll:* nicht übersetzbar; Graf gibt hier den fremden Dialekt ungenau wieder; in *Mitmenschen* (1950): »Ich denke wohl«.

setzte umständlich ihre verrostete Brille auf und fragte in die stiller gewordene Runde: »Wer wöllert jatz?« Zögernd schauten alle auf sie, ungeduldig sagte mein Vater: »Also weita jetz! Teants net so gschaami wia Kirtabasln! Weita do! Wer wui wos wissn? .. Du? .. Also, Perivlatin, der Hansirgl is neigieri! Fang o! ... Sog's iahm no richti, daß er Angst kriagt!« Heimeliger rückten alle zusammen, und die Alte begann das Legen. Immer, wenn sie eine besonders wichtige Auskunft sagte, sah sie ihrem Gegenüber fest in die Augen, und der neben ihr sitzende Perivlat zupfte etliche Male an seinem Schläfenhaar, keuchte leicht, drückte mit dem einen Zeigefinger auf seinen Halskork und hob den anderen spitz in die Höhe. »Hui-hui, bsss-biß!« flüsterte er eilig und kniff dabei seine Schlitzäuglein fest zusammen. »O, o, bös, bös!« sollte das ungefähr heißen und das, was die Alte verkündete, war auch aufregend, wurde aber gewissermaßen durch die launige Gestikulation Perivlats erträglich gemacht.

Einmal nun an einem solchen Abend war auch der Kalender- und Losverkäufer Peschel von Starnberg da und schaute mit ziemlich mißvergnügtem Gesicht dem Treiben zu. Den ganzen Tag war er von Haus zu Haus gegangen, hatte den »Christlichen Bauernkalender« oder den »Veteranen- und Kriegerkalender« verkauft und Lose der »Ansbacher Kirchenlotterie« mit wenig Erfolg angeboten. Drei Mark kostete so ein Los, und das war den Leuten bei aller Anerkennung des religiösen Zweckes der Lotterieunternehmung zuviel gewesen. Auf einmal hob er interessierter den Kopf. Die Perivlatin legte dem Ramminger die Karten und sagte gerade: »Göld! Göld! Vial Göld kriagscht!«

»Nimm a Los, Ramminger!« warf der Peschel hastig dazwischen und zog schon das dicke Bündel aus seiner Ledertasche. Schon breitete er die Lose auf dem Tische aus. Das Kartenlegen stockte, gespannt sah alles auf den Bauern.

»Nimm a Los, sog i! Gwinga tuast! D' Perivlatin hot dir

4 *Kirtabasln:* Kirchweihbasen (Verwandte, die sich nur an Festtagen sehen).

doch Geld zuagsogt!« forderte der Peschel noch dringlicher und der Ramminger, halb benommen noch, drehte sich zu ihm hin.

»Suach dir oans raus! Pack' dei Glück o!« schrie jetzt der Peschel noch mehr.

»Ja no! No stad. Drei Mark san a Haufa Geld«, besann sich der Bauer und schaute fragend nach der Perivlatin. »Wos soit i toa, Perivlatin? .. Kriag i vo doher am End mei Geld?«

»Wohl-Woll!« gab die zurück.

»Doher? ... Ganz g'wiß?« fragte der Ramminger wiederum zweifelnd.

»Woll!« sagte die Alte abermals und schaute ihm fest in die Augen. Totenstill war es auf einmal in der Stube.

»Guat«, sagte der Ramminger entschlossen und holte einen Schnaufer tief aus sich heraus. »Guat ... Suach mir an Gwinga raus, Perivlatin!.. Wenn's wos werd, woaß i, wos i z' toa hob!«

Noch immer war es stockstumm. Langsam beugte sich die Perivlatin in den Tisch, legte ihre Karten hin und fuhr mit ihrer zitterigen Hand über die ausgebreiteten Lose, einmal hinum, einmal herum, so ungefähr wie Blinde tasten, drückte plötzlich mit dem Zeigefinger fest auf so ein glattes, buntes Blatt und zog es heraus. Der Ramminger langte hastig danach und las eilsam: »224 667«.

Jetzt löste sich die Spannung. »Guat«, sagte der Bauer und bekam ein aufgegleimtes Gesicht. »Jetzt bin i amoi neigieri, Perivlatin, obst du do aa recht g'rotn host!« Er musterte noch einmal sein Los, faltete es mit leicht zitternden Händen zusammen, zog seinen Zugbeutel heraus, zahlte dem Peschel die drei Mark und rief munter: »Jetzt kunnt' ma ja wieda weitamacha!«

Aber durch diesen Zwischenfall war gleichsam die rechte Sammlung verloren gegangen. Die Alte machte auch so gar kein aufgelegtes Gesicht mehr. Mein Vater sagte: »I glaab,

16 *Gwinga:* Gewinn.
26 *aufgegleimtes:* aufgehelltes.

dös Schöner' hot's dir scho gsogt, sei z'friedn, Ramminger.« Und weil alle stumm mit ihm übereinstimmten, hielt er es für richtig, aufzustehen.

»Elfi is scho!« sagte der Marterer und gähnte. Langsam erhoben sich alle, drückten den Perivlats die Hand und gingen.

Am anderen Tag zogen die zwei alten Leute wieder weiter, und wir Kinder begleiteten sie bis halb ins Pfarrdorf hinauf. –

II

Jeder – glaub' ich – wird schon jetzt ungefähr wissen, wie die Geschichte weitergeht. Deshalb will ich auch nicht lang herumreden. Mitte November war die Ziehung der »Ansbacher Kirchenlotterie« und das Los vom Ramminger war der Haupttreffer. In aller Heimlichkeit holte der Häusler bei der Hauptgeschäftsstelle am Rindermarkt in München seine dreißigtausend Mark ab. Kein Mensch im Dorf hätte etwas davon erfahren, aber kurz darauf stand es in der »Münchner Zeitung« und alsdann noch einmal im »Land- und Seeboten«. Begeistert und erregt lief die Nachricht von Mund zu Mund, aus dem Dorf, in der Pfarrei herum, und zuletzt redete der ganze, weite Gau davon.

Dem Ramminger war das gar nicht recht. In den ersten Tagen versteckte er sich förmlich vor den Leuten. Wie umgewandelt schien er. Mag sein, daß ihn dieses jähe Glück zu unvorbereitet überfallen hatte. Es war ja schier wie in einem wirren Traum. Unerwartet und unglaublich. Gestern noch ein notiger Häusler, heute ohne einen Handstrich ein vermöglicher Bauer! Er mußte erst wieder einigermaßen zu sich kommen.

Da hol' der Teufel die zudringlichen, neugierigen Leute! Sie verfolgten ihn jetzt gleichsam auf Schritt und Tritt. Scheu

1 *dös Schöner':* das Schönste.
4 *Elfi:* Elf Uhr.

und grantig begegnete er jedem. Ewig konnte er doch schließlich auch nicht im Haus herumarbeiten. Das schaute ja aus, als ob er sich seines Glückes schäme oder gar wie wenn er ein schlechtes Gewissen hätte.

Unser ehemaliger Gemeindediener und Nachtwächter, der selige Schmalzerhans, hat immer gesagt: »Es waar ganz schö' auf dera Welt, wenn's koa Geld net gab.« Wenn sich's der Ramminger recht überlegte, es war schon so. Kaum wußte man das mit seinem Haupttreffer, da fing es schon hinten und vorne, in jedem Haus und an jedem Fleck zu munkeln an: »Jaja, eingtli ...! Der Ramminga hot ja dös Los gor it zog'n! Wenn's recht gang, müaßt er ja sei Geld der Perivlatin gebn! ... Dera steht's rächtmaßi zua.« Und alsdann – komisch, wie hoch- und edelsinnig die Menschen gleich sein können, wenn statt ihrer ein anderer das große Los gewinnt und sie es ihm mißgönnen! – dann lamentierte jedweder scheinheilig weiter: »So arme Leit wia's san, dö zwoa Perivlats! ... Koa Doch überm Kopf, nix ois wia Not und Elend jedn Tog und in eahnane oitn Johr no a so umanandbettln müassn! ... I moan, ünsa Herrgott müaßt dös do scho richti macha!«

Auch mein Vater selig hatte diese Meinung und redete den Ramminger dieserhalb einmal an.

»No«, sagte er, »Ramminga, dös sell Wohrsogn vo der Perivlatin hot dir aba guat to, ha? ... Dös ganz' Dorf red't über di' ... I glaab aba, daß d' scho wissn werst, wost selbigazeit g'sogt host ... I tat der Perivlatin d' Hälfte gebn, na waar a Ruah ... A so ... Dös bringt dir aa koa Glück it und wennst jetz koa Los it kaaft hätt'st, nachha müassert's aa geh ...«

Der Ramminger schaute ihn unsicher an, stockte ein wenig und – weiß Gott, neidig war mein Vater sein Lebtag nicht, er hatte alles arglos und fast behutsam gesagt – der Häusler wurde auf einmal grimmig.

19 f. *in eahnane oitn Johr no a so umanandbettln müassn:* in ihren alten Jahren noch so rumbetteln müssen.

»Kreizherrgottsakrament-sakrament!« fluchte er laut auf in unserem Laden: »I kimmert' mi aa um koan andern Menschn! ... I wer' scho wissn, was i z' toa hob, Himmiherrgottsakrament-sakrament, jetz werd's ma doch scho boi z' bunt mit den oitn Weiberschmarrn! ... Daß du aa a so auf mi einipuffst, Maxl, dös hätt' i dir it zuatraut!«

Mein Vater konnte sofort überlaufen und – wehe, wenn er anfing! Diesmal aber kam er zu gar nichts. Der Ramminger war im Nu draußen und schmiß die Ladentüre zu, daß deren Fensterscheibe grad so klirrte.

Um es kurz zu sagen, zu guter Letzt war das ganze Dorf mit dem Ramminger feind. Und dieser selber wurde immer finsterer, fahriger und unzugänglicher. Keinem Menschen konnte er mehr gerade in die Augen schauen, jedem ging er aus dem Weg, auch gegen seine eigenen Leute war er ungut und heftig, im Wirtshaus sah man ihn überhaupt nicht mehr, in der Kirche um so öfter und es hieß allgemein, bloß das schlechte Gewissen habe ihn zu einem bigotten Betbruder gemacht. Die Tage gingen an und aus in den Wochen und Monaten, Winter, Frühjahr, Sommer und Herbst wechselten, das heißt, halt, halt, nur nicht so schnell!

Mißgunst und Neid, besonders wenn sie zu arg herumgeistern, werden auch einmal müd und schlafen langsam ein. Halbwegs ruhiger wurde es um den Ramminger. Als jedoch der August zu Ende ging, plapperten die Kinder in jedem Haus: »Vata .. Muatta? .. Gell, jetz kemma s' Perivlats boi wieda! .. Ah, dös haut, dös werd schö! .. Aba dösmoi müassns länga dobleibn! Dösmoi derfers net gleich wieda furt, gell, Vata, gell, ganz gwiß!« Und das weckte die ganze Hölle wieder auf. »Jajaja-jaja!« beruhigten uns unsere Eltern und je näher der Tag nach Mariä Geburt heranrückte, desto größer wurde die Spannung. Es regnete zwar schon eine halbe Woche fein und rieselnd, aber die Perivlats waren noch immer gekommen, so sicher wie der Herbst nach dem Sommer.

27 *dös haut:* das wird was.
28 *Dösmoi derfers:* Diesmal dürfen sie.

Nun also mußte sich zeigen, ob der Ramminger sein Wort halte! Jetzt gab es kein Ausweichen mehr. Aha, aha, der Häusler wurde immer unruhiger! Aha, aha, das Wasser stand ihm schon bis zum Hals! Die übelsten Dinge erzählte man. Jeder wußte etwas anderes. »Furtfahrn wui er a *den* Tag, wo s' Perivlats kemma«, verbreitete die giftige Friedlmarie; »davo'laafa mächt er, der Hammi, der ganz schlächt'!« Das zündete schon. »Scho lang mächt er si' wo anderscht o'kaafa«, wollte der Mesner Wieglmoser wissen. »Bei üns werd iahm der Bodn z' hoaß!« Das wiederum wirkte wie ein starker Blaser in die kaum entfachte Glut. Gift und Galle vermengten sich im Dorf zu einer dumpfen Rachsucht. Komisch aber, zu ihr gehört die Habgier wie ein Zwilling zum andern, bloß sagen sollt' man's nicht. Insgeheim radelte immer wieder einer zum Peschel nach Starnberg und richtete ihm aus, er sollte diesmal bestimmt am gleichen Tag wie die Perivlats kommen, ganz sicher. Wunderschön sei's, daß er diesmal Lose aus mehreren Lotterien habe. Er sollt' nur alle mitbringen, da könnte die Perivlatin um so mehr Hauptgewinne ziehen. Von diesen Leuten verschwieg einer dem andern, wo und warum er in Rauschenbach gewesen war. Vielleicht ging es aber auch in der allgemeinen Aufregung unter. Überall war man voller Wut über den niederträchtigen Ramminger, und als endlich die Perivlats daherzogen, liefen die Leute auf sie zu, erzählten in grimmiger Hast alles und zogen mit dem Paar zum Dorfplatz. »Heunt braucht's it spuin!« rief dort der Feicht gefährlich; »heunt werd z'erscht amoi wos anderscht's aufg'spuit!« Daraufhin gingen der Bürgermeister und er auf das Rammingerhaus zu und plärrten befehlshaberisch über den Gartenzaun: »Raus, Ramminger! Raus do! S'Perivlats san do!« Der Haufe nahm schon eine drohende Haltung ein. »Raus, windiga Glücksvogl!« brüllte jemand unter allgemeinem Beifall, und da kam, Gott sei Dank, der Häusler

8 f. *mächt er si' wo anderscht o'kaafa:* möchte er sich anderswo einkaufen (ansiedeln).
27 *Heunt braucht's it spuin!:* Heut braucht ihr nicht spielen!

aus seiner Tür, schaute verdutzt auf die Leute, riß sich schnell zusammen und ging mannhaft auf sie zu. Die Rammingerin und ihre Tochter blieben mit ängstlichen Gesichtern unter der Tür stehen, die zwei Buben liefen bis zum Gartenzaun und glotzten dumm.

»Do bin i!« sagte der Häusler trocken, als er vor dem Haufen stand, und kecker setzte er dazu: »Is mir scho rächt! Loßt's mi no hi zo s'Perivlats.« Das verblüffte. Eine Gasse bildete sich, der Ramminger schritt hindurch und gab den zwei verdatterten Alten die Hand. Weil der feine Regen sich inzwischen verstärkt hatte, sagte er legerer: »Noß braucht' ma net werd'n! Geht's weita, kemmt's zu mir eina. Auf der Straß' macht ma sowos net aus.« Die zwei Perivlats wußten nicht, was sie tun sollten, schauten hilflos, fast schmerzlich drein und schlotterten alle zwei. »Nana!« rief da auf einmal der Wirt Bichler: »Sowos muaß vor oi Leit ausg'macht werdn! Am gscheitern is's, ös geht's oisamm zu mir eini und macht's ös aus!« Das war der beste Ausweg. Rundherum stimmte jeder zu. »Aa rächt! I fürcht' mi it!« sagte der Ramminger, hing sich die nasse Drehorgel vom Perivlat um und ging mit den zwei Bettelleuten voraus. Alles trottete nach und die Wirtsstube wurde gepfropft voll. Grad als alle hockten, kam auch noch der patschnasse, über und über mit Dreck bespritzte Peschel durch die Tür und stieß ein verdutztes »Hoho« heraus. »Hoho, wos is denn jetz do heunt passiert?« rief er abermals und zog seinen braunen, triefenden Lodenmantel aus: »Do kimm i ja grad recht.« Einige schauten luchshaft nach ihm und wurden brandrot im Gesicht. Irgendwie brachte der Losverkäufer eine unerwünschte fremde Stimmung mit. Wahrscheinlich dämmerte in jedem der gierige Gedanke herauf: Herrgott ja, der kann ja jetzt wieder seine Lose herbreiten und die Perivlatin zieht uns allen unser Glück.

Aber der breitmassige Ramminger erhob sich jetzt beinahe feierlich zwischen den zwei Perivlats, schrie dem Pe-

17 *Am gscheitern:* am gescheitesten, besten.

schel grob zu, er sollte sich hinsetzen und sein Maul halten, und fragte in die stillgewordenen Leute hinein: »Also, was wuit's (wollt's) jetz vo mir? Nur raus mit der Sprach!« Unschwer merkte man, er hatte auf einmal das Übergewicht. Zögernd schauten die Herumsitzenden auf ihn.

»D' Perivlatin hot dei Geld gwunga ... Ihra g'härts, koan' andern!« murrte endlich der alte Kragerer bissig auf und weckte auf diese Weise wieder den Mut aller anderen. »Ja! Jawoi, wohr is's!« stimmten einige bei: »Jetz red'!«

Wenngleich der Ramminger dieses ganze Jahr über schon oft etwas Ähnliches gehört hatte, so traf es ihn jetzt, da ihm gleichsam der finstere Wall seiner Feinde gegenüberhockte, doch härter. Sicher hatte er sich schon lang einen Plan und all das, was er sagen wollte, genau ausgedacht, nun aber, weil er stockte, fiel es wie eine geifernde Sturzflut über ihn her: »Red'! Red' hoit! .. Jetz lös dei Wort ei, wennst a rechtschaffna Mensch bist! Red'! Red'! Raus mit der Sprach' ..!« Er wurde blaß, er fuhr einige Male mit dem Arm auf und ab, er stotterte in das Geschrei hinein, das ihn immer wilder, immer bösartiger anbellte. In diesem drohenden Augenblick aber fand der kecke Peschel die einzig richtige Finte. Er stand auf einmal wie emporgeschnellt auf und stieg auf die Bank.

»Leit'!« schrie er mit seiner fetten Unteroffiziersstimme: »A so werd dö ganz' Sach' nix! Seid's stad jetz, a Ruah!« und als er nun tatsächlich den Ansturm einigermaßen besänftigt hatte, wandte er sich schräg gegen den stehenden Ramminger und sagte: »Noch rechtn is's a so! Der Ramminger hot 's Los kaaft! Er hot seine drei Mark riskiert!«

»Dös hätt' a jeda«, plärrte der zudringliche Friedlxaverl.

»Wenn er's gwiß gwüßt hätt, daß er gwingt!« fertigte ihn der Peschel schlagfertig ab und fuhr fort: »Noch rechtn is a so – wenn der Ramminger ganz guat is, gibt er dö zwoa arma Perivlats d' Hälfte! Gsetzli müaßt er überhaaps bloß zehn Prozent zoin, aba – –«

6 *gwunga:* gewonnen.

»Der wui ja übahaaps nix hergebn! .. G'hoitn mächt er sei ganz Geld, der Ruach!« warf der Friedlxaverl schon wieder dazwischen und fand Beifall.

»Stad, Leit! Loßt's mi ausredn!« behielt der Peschel die Ruhe. »Ös schimpft's und schreit's und raaft's schier und dö, dö wo's am meistn o'geht, dö frogt's übahaaps it! 's erst und 's letzt' Wort redn in dera Sach' doch dö Perivlats und koa anderner!«

Das gab der Sache jäh eine unerwartete Wendung. Plötzlich wurden die Plärrer stockstumm, staunend fast richteten alle ihre Blicke auf die schweigend dasitzenden Perivlats und ermutigt, machtgeschwellt durch seinen Erfolg, sprang der Peschel von der Bank herunter, drückte sich aus dem vollbesetzten Tisch und ehe jemand das Wort finden konnte, fragte er auch schon vorne am Fenster: »No, Perivlatin, wos is's jetz mit enk? .. Ös wißt's ös ja, der Ramminga hot mit enkern Los an Haupttreffa zogn. Dreißgtausend Mark sans .. Wos hobt's jetz ös für a Verlanga?«

Alle in der Stube waren aufgestanden und drängten mit gereckten Hälsen heran. »Perivlatin?« fragte der Peschel wiederum. Da endlich hoben die Alten die Gesichter und lugten schüchtern auf den Mann.

»Red' Perivlatin! Brauchst koa Angst it hobn! .. Wos is's?« wiederholte der Peschel und beugte sich ein wenig in den Tisch. »Steh nu auf! Geh weita, i huif dir.« Er wollte der Alten unter die Arme greifen, aber die blieb ruhig sitzen. »Hui, hui, bssss, bissss!« flüsterte der Perivlat jetzt und rüttelte seinen Kopf wie geärgert hin und her. »Hui, hui, bissbssss!« machte er noch einmal und streckte beide Hände so, als schöbe er etwas Ekelhaftes von sich weg, wurde ganz rot und hustete keuchend. »Mir wöllert nix! .. Mir wöllertn in ünsre alta Täg ünsa Ruah!« sagte da ganz unerwartet die Perivlatin und machte mit ihrem alten Kopf eine Bewegung auf den stehenden Ramminger zu: »Söllt er nu glüchkli wera

1 *G'hoitn:* Behalten.
2 *Ruach:* Nimmersatt.
25 *Geh weita, i huif dir:* Komm, ich helf dir.

mit sein Gööld ... Für üns hat's Herrgottle scho a warms Platzla, deachtn di wöll!«

»Hm, z-tz!« hörte man rundum.

»Gornix? ... Ös seids doch bettelarm und oit?« fragte der Peschel dringlicher, aber die Alte hockte noch immer so ruhig da und schaute ihm fest, ganz fest in die Augen: »Mir wöllert bloaß wiedr weita ... Dia Feindschaft da« – und damit schaute sie in die Leute rundherum – »dia kemmert ja bloß vo dem schlächta Teiflsgööld.« So totenstill wurde es, als sei irgendetwas ganz Wunderbares oder Entsetzliches geschehen. Die kältesten Mannsbilder senkten den Kopf.

»A-aba bei mir bleibt's, solang oisz lebt's!« brachte der Ramminger nach einer Weile wieder heraus und es klang sonderbar schmerzhaft. Er war blaß und ergriffen. Die Perivlatin hob ihr grundgutes Gesicht zu ihm und schüttelte beharrlich den Kopf: »It, it, Baur .. Mir it! Mir ganga wieda ..«

Sie buckelte sich langsam in die Höhe, der Perivlat nahm seine Drehorgel und schwang das Traggurt um seine spitze Schulter. Stumm wichen alle Leute aus und die zwei Alten harpften aus der Wirtsstube. Der Regen hatte aufgehört, ein wenig heller war der Himmel. Eine merkwürdige Stille herrschte auch auf dem Dorfplatz.

Die in der Wirtsstube Zurückgebliebenen schauten einander benommen an. Keiner kümmerte sich mehr um den Ramminger, der sich stumm davonmachte. Besonders der Peschel hatte ein bestürztes Gesicht.

»Hm-hm, seltsam, seltsam«, brummte endlich nach einer Weile als erster der Wirt kopfschüttelnd. »Hm-hm, dö zwoa san grod ois wia wenn s' net vo dera Welt san.« Das belebte die anderen Männer wieder. Von draußen herein, herüber vom Dorfplatz, klang zur eintönigen Musik der Drehorgel die verrostete Stimme der alten Perivlatin wie immer. Und – eigentümlich – der Peschel und viele Bauern schnitten noch trübseligere Mienen.

»Jetz«, sagte der Rogelberger auf einmal raunend und lugte luchshaft lauernd rundherum: »Jetz hobn mir ganz vergessn, daß üns d' Perivlatin Los zog'n hätt' ...« Ärgerlich war er, alle waren es. Sicher kam es jetzt jedem in den Sinn, was man sich verdorben hatte, sicher dachte jeder tief innen: Hätten wir lieber dem Ramminger sein Glück gelassen! Pfeif' auf die Gerechtigkeit! Hätten wir lieber an uns selber gedacht.

»Tja, hm, saudumm!« brummte der Peschel und zuckte peinlich mit den Achseln. Ratlos schaute er auf den Bauern. Wiederum stockte es.

»Saudumm«, murrte auch der Kragerer: »Mir hobn's üns selba verpfuscht!«

»Gehng ma aussi!« sagte der Peschel hastig, als eben jenes »Bedenk', wenn du es hast, ist schon das Leben u-um« hörbar wurde, und alle folgten ihm. Als sie zum Dorfplatz kamen, rollten die Perivlats eben ihr Moritatenplakat zusammen und machten sich wanderfertig. Der Himmel war noch lichter geworden. Sie schauten hinauf und schienen zufrieden darüber. Diesmal kamen sie nicht in unser Haus und komischerweise bat sie auch sonst niemand, bei ihm über Nacht zu bleiben.

»Grüaßcht enk Gott und pfüat enk Gott, Kinderlen«, sagte die Perivlatin und strich einem nach dem anderen von uns Kindern über den Kopf ohne sich um die herumstehenden Leute zu kümmern. »Mir gehnga mit, mir gehnga mit!« riefen wir alle hell und trippelten hinter dem davontrottenden Paar her. Die Bauern schauten stumm nach, mit dummen Augen. Erst nach einer Weile gingen sie mürrisch auseinander. Der Peschel aber, als er nun allein da stand, ging auf einmal rasch-schrittig weiter auf der Straße. Drunten am Dorfberglein fing er zu laufen an und holte uns Kinder und die Perivlats bald ein.

»Perivlatin! Perivlatin!« schrie er keuchend und faßte die Alte wie ein Gendarm am Arm, daß wir Kinder erschrocken stehen blieben: »Perivlatin, wart's a weni'! Wart's, i muaß enk wos Wichtigs sogn!« Schier so wie zwei hölzerne Pup-

21 *pfüat enk Gott:* behüt euch Gott.

pen blieben die zwei Bettelleute stehen, drehten sich um und schauten den Peschel unschlüssig an.

»I hob extra vui Los kaaft, Perivlatin . . Jeder hätt si' gern oans ziagn lossn wuin vo dir . . Dreierloa Lotterien hob i . . Geh, geh, helft's ma doch, geht's weita, geh!« sagte er fliegend, und weil die zwei alten Leute in einem fort den Kopf stumm schüttelten, fing er zu bitten und zu betteln an, beschwor sie, versprach ihnen weiß Gott was, und als gar nichts half, wurde er gar noch bigott und schwafelte etwas daher vom Himmel droben und von unserm Herrn Jesus Christus.

»Wenn'ds ös nimma auf Berg z'ruckgeh mingt's (mögt), nachha probiern mir's hoit z' Aufkirch' drobn . . . Ös woaß's ja dö ganz' Pfarrei, wia guat oisz ös Los ziagt's«, meinte er schließlich. »I loß enk gern d' Hälfte vo meina Einnahm zuakemma, gern!« Aber die Perivlats hatten immer noch dieselben unbegreiflich weltfremden Augen. »It, it! Gor it! Mir wöllert koi Ungliik umananda trogn! It, it!« brachte endlich die alte Perivlatin heraus, während ihr Mann heftig abwehrend die Arme bewegte. Sie drehten sich um und wanderten weiter. Der Peschel blieb zurück und knirschte. Wir Kinder musterten ihn ganz bös, weil er uns das ganze schöne Begleiten verpfuscht hatte, und gingen ins Dorf zurück. Als wir die ersten Häuser erreichten, sahen wir den komischen Losverkäufer immer noch so auf der Straße stehen und den Perivlats nachschauen.

Die wurden klein, immer kleiner und verschwanden schließlich hinter den Häusern von Aufkirchen. Weiß der Himmel warum, als wir sie nicht mehr sahen, weinten plötzlich etwelche von uns. Weshalb wußte sicher keins.

Seit dieser Zeit kamen die Perivlats nicht mehr. Sie werden wohl gestorben sein. Dem Ramminger ging es ewig gut. Kein Unglück kam über ihn. Heute ist sein ehemaliges Häusl ein ansehnliches Anwesen. Das Leben ist eben immer anders, als die Moral einer Geschichte es gerne haben will. –

4 *oans ziagn lossn wuin:* eins ziehen lassen wollen.
14 *wia guat oisz ös Los ziagt's:* wie gut ihr Lose zieht.

Mein Basl Marei selig ...

Eine Erzählung

Jetzt ist mein Basl, die Heimrath-Marie von Kastenberg, auch gestorben. Sie war weitum als Kastenberger-Marei bekannt und hat ihrer Lebtag keinen Feind gehabt. Das will viel heißen in einer Gegend wie der Leiminger Pfarrei, wo die Bauernleute – gleichgültig ob Mannsbild oder Weibsbild – juchtenzäh an ihrem Vorteil hängen und wegen ihrer verschlagenen Habgier, ihrer stockigen Abgeschlossenheit fast gefürchtet sind. Will man – was allerdings nicht recht ratsam ist – einen Leiminger hinauftreiben, dann braucht man bloß das Versl hersagen, das einmal irgendein unbekannter Spötter zusammengereimt hat:

»Von dö Leiminger nimm di in acht,
dö hobn schon Leut wega an Pfenning umbracht.«

Streitereien wegen falscher Grundstücksmarkierung können in der Pfarrei Leiming ein halbes Jahrhundert lang dauern, denn wenn auch endlich der klare Gerichtsentscheid da ist, die Feindschaft geht weiter und überdauert Generationen. Genau so ist's beispielsweise, wenn die Alten den Jungen übergeben. Da wird alles streng advokatorisch geregelt, auf Heller und Pfennig, auf das i-Tipferl – aber kaum haben die Jungen den Hof, kaum hocken die Alten in ihrer Austragsstube, so geht das Zwicken und Sträuben an. Der Ofen in der Austragsstube ist im Übergabevertrag vergessen worden – was kümmert sich der bluteigene Sohn, ob seine Eltern im Winter frieren? Er hält sich mit einer Genauigkeit, die schier erschreckend ist, an den Buchstaben des Vertrags. Der Ofen muß von den Alten erkämpft werden. Wieder fangen Gerichtsstreitereien an, die Sache zieht sich in die Länge, die Alten haben kein Geld, um einen Anwalt zu nehmen, die Jungen siegen, es geht so lange, bis endlich der schwächere Teil sich zermürbt in sein Geschick fügt oder eben – stirbt. Nie wird man das Bibelwort: »Verlasse Vater und Mutter und hang dich an dein Weib« auf so drastische und konkrete Weise erfüllt finden als in Leiming, wenn ein Bauernsohn heiratet. Nicht etwa, daß er seinem Weib verfällt, nein, nein, das gewiß nicht. Er nimmt die, welche was mitbringt und bei der Arbeit was taugt.

Eine einzige Ausnahme aber gab es in dieser Hinsicht doch in der Pfarrei Leiming. Und das war mein Basl Marei. Laßt euch diese einfache Geschichte erzählen. Sie ist ebenso trostreich wie wahr.

Der Kastenberger Hof ist eine umfängliche Einöde, gutding eine Stunde von jedem der vier Dörfer, die zur Pfarrei gehören, weg. Für einen Fremden ist Kastenberg unauffindbar, denn es liegt mitten im dichten, riesigen Forst, auf einer flachgedrückten Anhöhe. Wald und Dickicht bilden gewissermaßen eine schützende Mauer, dann kommt in der Tiefe, ebenso rundherum laufend wie das Gehölz, ein Torfstich, durch den kein Weg führt, und endlich fangen die hängenden Äcker und Felder von Kastenberg an und ziehen sich hinauf bis ans Haus selber. Ein einziger, schmaler Fahrweg führt vom Hof westwärts ins Holz und mündet in die Staatsstraße, die von Leiming nach Auffenbach läuft. Ansonsten finden nur die Kastenberger auf kaum befahrenen Waldsträßlein in die umliegenden Dörfer. Einer, der sich hierher verirrt hat, wird sich stets verlaufen.

Der Kastenberger war von jeher einer der größten Bauern im Gau. An die vierzig Stück Vieh stehen in seinem Stall, sechs Rösser und etliche Wurf Ferkel. An Grund wird er haben hundertvierzig Tagwerk Wald- und an die neunzig Wiesen- und Ackerland.

Der alte Kastenberger hat eine geborene Leibfellerer von Buchberg geheiratet. Das ist eine Schwester von meiner Großmutter mütterlicherseits gewesen. Gut und recht und schön haben die zwei zusammengehaust. Zwei Töchter sind auf die Welt gekommen, die Liesl und das Marei, meine Tante also, oder, wie wir sagen, das Basl, von dem ich hier erzähle.

Mein alter Vetter Kastenberger war ein gemütlicher, ruhiger und lustiger Mensch, aber das, daß er keinen Buben gehabt hat, hat ihn geärgert. Die zwei Leute haben Messen lesen lassen für einen »wichtigen familiären Zweck«, Jahr für Jahr sind sie nach Altötting wallfahren gegangen um einen passenden Kindersegen, eine ansehnliche Stiftung für ein Leiminger Kirchenfenster hat der Kastenberger gemacht und jedes von den Eheleuten – der Bauer für sich und die Bäuerin für sich – hat insgeheim ein Gelübde getan, aber ein Bub ist einfach nicht zur Welt gekommen. Im Gegenteil, im dritten Kindbett hätte die Kastenbergerin beinahe in die Ewigkeit müssen, so schwer war die Geburt. Und wieder ist's ein Mädl gewesen. Julie hat man sie taufen lassen.

Ganz und gar grantig darüber hat der Bauer zur Hebamme gesagt: »Soso, scho wieder a Weiberts! Hm, do hilft dös ganz Bet'n nimmer ... Hmhm, i woaß's net, ünser Herrgott hot scho gar koan Einsehn'g nimmer!« Und auf das hin ist er auf und zum Lamplwirt nach Leiming hinüber und hat sich in seinem Verdruß einen Brandrausch angetrunken. Das Kind ist nach beiläufig neun Wochen gestorben und der Bäuerin ist zeitlebens was geblieben. Eine Krankheit, die ihr schließlich, als die Liesl schon über die zwanzig hinaus war und die Marie neunzehn Jahr, das Leben gekostet hat. Das ist gewesen genau fünf Monate, nachdem die Liesl ins Kloster der Karmeliterinnen in Neufahrn eingetreten war. Fromm war man beim Kastenberger immer schon, aber nicht bigott, bloß uralt bauernfromm, wie es der Üblichkeit entspricht. Die Liesl war sowieso nie recht gesund, zum Arbeiten zu schwach und zum Heiraten erst recht nichts, also hat man eine solche Lösung wie ihr Klostergehen als die beste gefunden. Es ist freilich schwer gewesen für die zwei Bauernleute: da hinein mit der Tochter auf Nichtmehrwiedersehen, denn bekanntlich dürfen die Karmeliterinnen nicht mehr mit der Welt in Berührung kommen.

Am Totenbett und auf der Leiche sind denn auch bloß der alte Kastenberger und die Marie gewesen und, selbstredend, die Verwandtschaft, nicht aber die Liesl. Und als die Kastenbergerin gespürt hat, sie stirbt, da hat sie noch einmal die

Marie allein hingezogen zu sich aufs Bett. Mit ganz schwacher Stimme hat sie gesagt: »Marei, gib mir dei Hand drauf ... I hob's an Vater scho g'sogt, er sollt nochmoi heiratn ... So is's aa nix aufn Hof, Marei. Du bist noch z'jung, und g'sogt hob i zum Vata, wenn er mit sei'm zwoatn Weib an Buam kriegt, nacha is's guat ... *Der* kriagt an Hof, gell, Marei, gell, dös versprichst mir! Gell ... Du kimmst net z'kurz dabei, do hob i mit'n Vater scho g'redt, Marei ... Geh weiter, versprich mir's!« Sie ist dabei mit ihrer abgemagerten, zitterigen Hand übers Haar von der Marei gefahren und auf einmal, wie das Mädl genickt und: »Ja, ja, Muatta, is's scho recht! I versprich dir's ganz g'wiß«, gesagt hat, auf einmal ist die Hand stehen geblieben, steif und starr. Aus ist's gewesen mit der alten Kastenbergerin ...

Schon beim Mahl nach der Leiche, in der Lamplbräu-Stube in Leiming, als die ganze Verwandtschaft beisammengesessen ist, hat alles vieldeutig auf das Marei geschaut und sich selbstredend allerhand leicht erratbare Gedanken gemacht. Sauber war ja die Kastenbergertochter nie gewesen. Und auf das, was sie für ein Bild macht, ist ihr nie der Sinn gestanden. Da ist sie gesessen neben ihrem Vater, den runden, grünen Hut wie auf den Kopf gepappt, ein wenig engbrüstig und klein, mit großen Ohren und Händen, hinter den starken Backenknochen grundgute, kleine Augen – alles so halbwegs hilflos und beinahe alt.

Wahrscheinlich, weil die Regel unter Bauern ist, wenn Geld und Sach genug da ist, übersieht man gern die Mängel einer Hochzeiterin, darum sagte der alte Simmeringer, ein weitläufiger Verwandter, gradheraus: »No ja, Vetter, bei enk is' ja net g'fehlt! D' Marie konn sich ja mit ihrern Sach d' Hochzeiter raussuacha ...« Das wirkte freilich ein wenig vorschnell, aber immerhin, man hat es nicht weiter übel genommen. »Ja ja ... mein Gott, so alloa werd 's net furtmacha«, hat wiederum der Löfflinger von Buchberg gemeint

19 *Sauber:* ansehnlich, kräftig.
33 f. *furtmacha:* weitermachen.

und dabei den Kastenberger angeschaut, alsdann das Marei gemustert. Die zwei haben hin und wieder genickt, das Marei ist augenblicklich rot geworden, aber sie hat sich ganz gut gehalten. Nach und nach, wie man schon hübsch Bier gehabt hat, ist die Gesellschaft auch ein bißl aufgegleimt, und der Simmeringer, weitbekannt als Schmuser, hat laut gesagt: »Und i hätt' aa scho oan fürs Marei, Vetter ... Was ganz wos Ordentlich's ... An baumstark'n Kerl! Guat in der Arbat und guat an Hausn ... Der passert wia abg'mess'n für sie.«

»No, so schnell braucht's dös nacha doch net!« ist der Kastenberger leicht ungeduldig geworden: »Dös werd si' scho zoagn ... Und überhaupts! ... I hob's Übergebn noch lang net im Sinn!«

Ihm war das Gerede zuwider. Er fand es sicher unangebracht, wo, wie man sagt, die Kastenbergerin noch warm unter der Erden war. Er stand auf und ging mit dem Marei heim.

Auf dem Weg hat alsdann das Marei ihrem Vater das Versprechen, das sie ihrer sterbenden Mutter gegeben hatte, erzählt. Zärtlich und doch nüchtern auch wieder setzte sie dazu: »Dös is ja aa wohr, Vata! A Bua waar besser, wenn er an Hof kriagert ... I leg dir fei gor nix an Weg, wennst wieder heiratn willst, Vata!«

Der Kastenberger hat ein paarmal hart geschnauft und sich das Marei nicht anschauen trauen.

»Ja, ja«, sagt er nach einer Weile, »ja, ja, Marei ... zu mir hot's es ja aa g'sagt, d' Muatta selig ...« Man hat gemerkt, daß er's schwer herausbrachte. Alsdann sind sie stumm weitergegangen, den ganzen langen Weg bis heim.

Es haben sich – was nicht weiter verwunderlich ist – allerhand Burschen auf dem Kastenberger-Hof sehen lassen. Leiminger, Krottelsberger und Pfefferzeller. Der eine ist schüchtern gewesen, der andere wieder großsprecherisch, aber das Marei hat gar nicht dergleichen getan und jedesmal gradher-

5 *aufgegleimt:* aufgetaut.
6 *Schmuser:* Heiratsvermittler, Brautwerber, Kuppler.

aus gesagt. »Nana, Bua, brauchst net kemma! Heirat'n tua i doch net ... I taug net dazua!«

Damaligerzeit wird der alte Kastenberger immerhin schon ein guter Fünfziger gewesen sein. Da wird man wie von selber ruhiger und hat es nicht mehr mit einer Veränderung. Etliche Jahre sind verlaufen. Wohl war's ihm von Zeit zu Zeit immer wieder darum zu tun, die Sache mit dem männlichen Erben zu bewerkstelligen – nur, die heiratsfähigen Witwen und Bauerntöchter rundum gefielen ihm alle nicht.

»Geh!« wird er sich gesagt haben: »Ich alter Mensch und so ein rasses, junges Weibsbild. So ein Zusammenstand, das führt nicht zum Rechten.« Einesteils wollte er so was der Marie nicht antun, andernteils aber war er für eine Regelung, die zu seinem Alter paßte und keine Umstände machte.

Ganz treuherzig fragte ihn das Marei hin und wieder: »No, Vata? Host jetz' scho wos gfuna (gefunden)? ... Kriag i boi a neue Muatta?«

Lange Zeit hindurch hat ihr der Kastenberger leicht mürrisch, wahrscheinlich über sich selber verdrossen, geantwortet: »Nana, Marei, na! ... I glaab (glaube), es werd überhaaps nix mehr ... I möcht mei Ruah, und dö Weiber überanand wolln lauters junge Kerl!«

Im fünften Jahr aber ist der Hebreinerin von Pfefferzell der Hof abgebrannt. Ein Jammer ist's gewesen. Wittiberin war die Hebreinerin, hat einen sechszehnjährigen Buben gehabt und ist schlecht versichert gewesen. Um es kurz zu sagen, die hat der Kastenberger alsdann geheiratet, und wieder war es ein guter Zusammenstand. Die ehemalige Hebreinerin hat jeden Tag unserm Herrgott gedankt für so eine Fügung, zum Marei war sie nett und gut, ihr Bub, der Hans, hat gearbeitet wie ein Knecht, und das Hauswesen ist in die beste Ordnung gekommen. Wie es aber oft nicht sein sollte – auch diese Bäuerin starb dem Kastenberger weg vom Hof. Offene Füße hat sie gehabt, Rotlauf ist dazugekommen, einen recht schmerzhaften Tod hat sie gehabt, denn bis das

24 *Wittiberin:* Witwe.

vergiftete Blut bis zum Herzen drang, das ist lang hergegangen.

Einmal sind der Hansl, das Marei und der alte Kastenberger um ihr Bett gestanden. Ganz blau war sie schon, und unruhig flackerten ihre Augen. Da schreit sie weinend und schaut auf den Kastenberger: »Jetz' muaß i in d' Ewigkeit, u-und mei Hansl hot gor nix, Girgl! Go-or nix!«

»Nana, Muatta, nana! Der Hansl kriagt an Hof! Brauchst di nix kümmern! ... I loß 'n eahm (ihm) scho, Muatta«, hat auf das hin die Marie gesagt, und der Kastenberger hat genickt.

»So! So? ... Is' g'wiß? Ganz g'wiß, Marei?« klagt die Sterbkranke.

»Jaja, g'wiß, ganz g'wiß ... Dös is scho g'macht, Zenzl«, hat der Kastenberger schwer herausgestottert, und jetzt ist's auf dem Gesicht der Bäuerin ruhig geworden. Mit schwacher Stimme hat sie herausgehaucht: »Der Herr, unser Gott, bring enk Glück und Seee-e-egch –« Mit gefalteten Händen ist sie verschieden. Das E von ihrem letzten Wort ist noch lange in den Ohren der Umstehenden geblieben.

»Der Herr gib ihr die ewige Ruah!« hat der Kastenberger dumpf zu beten angefangen und den Kopf gesenkt.

»Und das ewige Licht leuchte ihr ... Vater unser, der du bist«, fielen Marei und Hansl ein. Langsam hat das traurige Beten der Drei die Ehekammer ganz ausgefüllt. ...

Etliche Wochen darauf sind die Kastenbergerischen nach Auffenbach zum Advokaten hinübergefahren und, wie es der ersten Kastenbergerin selig ihr Wunsch war, so hat es der Bauer im Einverständnis mit dem Marei machen lassen: Dem Hansl gehört bei seiner Großjährigkeit der Hof, das Marei bekommt zwanzigtausend Mark hinausgemachtes Geld, und sie kann, wenn sie nicht heiratet, bis an ihr Lebensende auf dem Hof bleiben. Der Hansl stand dabei und hörte alles. Vielleicht verstand er es noch nicht, jedenfalls blieb sein Gesicht ruhig und ohne Arg.

7 *Girgl:* Georg.

Hernach kehrten die drei beim Humplbräu ein und da sagte der Kastenberger herzlich: »Hansei, wenn i fei amoi (aber einmal) nimmer bin, gell dös sell muaßt mir versprecha, zum Marei muaßt deiner Lebtog guat und recht sei . . . Gell!«

»Ja, Vata! Feit nix!« sagte der Bub drauf.

Es wäre nun alles seinen geregelten Gang gegangen; vier Jahre später aber ist der Krieg ausgebrochen und der Hansl hat fort müssen. Es wird kaum ein Bauer gewesen sein weit und breit, der so darunter gelitten hat wie der alte Kastenberger. Er ist schon nach dem ersten Halbjahr eisgrau geworden und eingegangen wie ein Roß, das an der Auszehrung leidet. Vorher war er immer noch hin und wieder lustig im Wirtshaus und hatte Freude an der Arbeit, er war stets dabei, wenn ein gemütlicher Tarock zusammenging oder sonst eine Unterhaltung – jetzt hockte er da, vergrämt und wortkarg und trank und trank.

Und das Marei? Mit ihr ging's auch nicht viel anders. Sie betete und betete, sie ließ Messen lesen und wurde mit jedem Tag magerer. Ewig stand eine fast hoffnungslose Angst in ihren Augen, und wenn ihr Vater an den Sonntagen mit einem stumpfen Bierrausch heimkam, dann zog sie ihn geduldig aus und legte ihn ins Bett. Plappern ließ sie ihn und wusch ihm das verschmierte Gesicht ab, und wenn er spie, hob sie ihm den Kopf wie eine Krankenschwester.

»E-es ist nix mehr, Ma-marei! Es is gor nix mehr . . . Es ist nimmer der Müah wert, daß man lebt, Ma-marei«, kam es oft todverdrossen aus dem Rauschigen. Schier wie ein trockenes Weinen klang's. Er plapperte und stöhnte weiter, und das Marei redete ihm zu, legte ihn schließlich hin auf das Kissen und blieb hocken und betete leis.

Vielleicht – niemand kann das je wissen –, vielleicht hat dem Marei diese Glaubensstärke geholfen. Mag's auch fast wie ein rührseliges Märchen klingen, so ist's gekommen: Der Hansl hat den Krieg überstanden und hat ein Jahr darauf geheiratet. Jedem, der damals bei der Hochzeit dabei war, ist noch erinnerlich, wie lustig der alte Kastenberger gewesen ist. Getanzt und gesungen hat er wie ein Junger, und noch, wie ihn der Rausch unter den Tisch geworfen hat, war er nicht zu bändigen.

»Ah wos! Ah, kümmert's enk nur net um mi ... Tanzt's, Leutln, seid's fidel ... Jetz – jetz gibt's wieder an Herrgott! Nur zuagsuffa! Seid's lusti, Leutln!« plapperte er in einem fort, als ihn der Hans aus dem Trubel ziehen wollte. Sogar der Marie ist an dem Tag das Bier in den Kopf gestiegen. Hochrot hat es auf ihren Backenknochen geflimmert, und als sie etliche Male getanzt hatte, ist sie schwindlig umgebrochen.

Sein Saufen hat mein Vetter Kastenberger nicht mehr gelassen, im Gegenteil, seit er im Austrag stand – was sollte er anfangen, nachdem ihm der Hans ewig die Arbeit verbot und zuredete: »Vata, loss's bleib'n! Loss's bleib'n, du host g'rackert g'nua deiner Lebtag ... Loss's bleib'n, mir zwinga 's scho!« Und jede Woche, da gab's kein Streiten, zahlte ihm der Hans die ausbedungenen sieben Mark. Was ist ein alter Bauer, der nicht mehr arbeiten muß? Ein Trumm altes Eisen, ein verrostetes Radl, das fort und fort schmieren braucht, um überhaupt noch umzugehen. Lustig, spaßig und zufrieden soff sich der alte Kastenberger ins Grab hinein.

Der Hans haust seither mit seinem Weib wie kaum einer in der Umgegend. Ihrer neun Kinder sind im Lauf der Zeit dahergekommen, und alle hat sie das Marei, mein wackeres Basl selig, großgezogen. Ich sehe sie noch stehen vor mir wie dazumal, als ich sie vor zwei Jahren aufgesucht habe. Gebückt schon, der Spenzer macht viele Falten auf der engen Brust, sie hüstelt hin und wieder und ist zahnlos und blaß. Die kleinsten der Kinder rebellieren in der geräumigen, rußigen Kuchl herum oder hängen an ihrem weiten, schleppenden Rock und bedrängen sie unausgesetzt mit ihren Wünschen. Und ein Kopftuch hat sie an, darunter schauen ganz wenig graue Haare. Ganz lebendig ist sie und hat wieder die verdächtigen Flecken auf den Backen.

»Jaja, ja – jetz dös is aba schön vo' enk, Basei! Jaja, Vetter,

5 *Nur zuagsuffa!:* Nur weitergetrunken!

ja, ja-ja, jetz sitzt 's enk nur glei her ... Dös is aba schö ... Dö andern san ja oisamm (alle zusammen) an Feld draußn ... Woaßt scho, gell, Basei, auf aran solchern Hof gibt's Arbat gnua ... Jajaja, jetz dös is aba schö, daß ös do seids! Glei mach i jetz an Kaffee!« Das plappert sie und wehrt dazwischen die Kinder ab und kocht uns den Kaffee und bringt einen großen irdenen Teller voll Schmalznudeln daher, sagt, daß halt der Hansl und sein Weib soviel gut zu ihr sind, alsdann wieder geht's über die Kinder. »Haha, rechte Fratz'n san s' scho, recht unbändige ... Haha, do schaug jetz her, do hot er jetz schon wieder an Taler, der Lausbua! ... Glei tuast'n her, glei!« schimpft sie gutmütig und nimmt dem kleinen sechsjährigen Girgl einen blanken Taler aus der Hand.

Hie und da gibt ihr, erzählt sie, der Hans etliche Mark. Sie braucht's gar nicht, das Geld, absolut nicht, aber sie hebt's auf im Glaskasten, in den verstaubten, uralten, porzellanenen Nippessachen, daß sie halt – wenn sie wirklich einmal nach Leiming kommt, und es ist grad Markt – den Kindern was mitbringen kann.

»Aba, du glaabst es net, Basei ... Dö Lauskinder kemma (kommen) überoi hin, überoi! Und nachha verschleppen's dös Geld ... Do liegt nachha do a Markl und do a Taler auf'm Feld drauß'n und der Akkordmaher oder d' Knecht fina's (finden's) ... Noja, san hoit Kinder, it wohr!« Sie sagt es fast entschuldigend.

Wie sie den Taler weglegt, das verrät, sie braucht kein Geld, sie hat alles! Ihr Leben läuft unangerührt dahin, ohne Wunsch, ganz einfach und gut.

»Und dös ander Geld«, sagt sie genau so selbstverständlich: »Dös kriagt hoit nacha Kirch' ... Wos sollt' i denn ofanga damit ... Der Hansl ist z'fried'n und hot sei Sach', seine Kinder sann aa versorgt ... Net Basei, it, Vetter, sogt 's net aa, daß i recht hob? ... Mitnehma konn i doch nix, it?«

3 *aran:* einem.
9 *Fratz'n:* ungezogene Kinder.

Sie steht da, sie ist vielleicht der einzig glückliche Mensch, der mir auf der Welt begegnet ist.

Ihre 20 000 Mark Vermögen hat denn auch nach ihrem Hinscheiden die Leiminger Pfarrei vermacht bekommen. Der Hansl, der jetzige Kastenberger, hat nie darüber gemurrt, hat es ganz in der Ordnung gefunden.

Das also ist die fast märchenhaft einfache Geschichte meines seligen Basls, der Kastenberger-Marie. Mag es auch zugleich ein Denkmal für sie sein, denn es scheint mir, als läge grad in diesem kleinen Leben das ganz Große.

Zu dieser Ausgabe

Die hier versammelten 11 Texte stammen aus einem schier unübersehbaren Erzählwerk. Schon lange vor seinen ersten Geschichten-Sammlungen, die 1922 erschienen, hatte Oskar Maria Graf Anekdoten, Schnurren und kurze Erzählungen in Zeitungen und Zeitschriften veröffentlicht. Begebenheiten, von denen er aus Zeitungsnotizen erfuhr, Erzählungen seiner vielen Freunde und Bekannten sowie die reichen Erinnerungen an seine Jugend fügen sich zu einem Kosmos von Ereignissen, in dem bestimmte Figuren, wie z. B. der Schmalzerhans (vgl. S. 38 ff., 107, 137), immer wieder auftauchen. Viele der Typen und Motive kann der Leser auch in den Romanen wiederfinden: Die epische Welt dieses Autors bildet ein weitverzweigtes und vielschichtiges Gefüge.

Die Unübersichtlichkeit des Korpus der Erzählungen ergibt sich aus Grafs Umgang mit seinen Texten: er hat viele überarbeitet, mit neuem Titel versehen und in unterschiedliche Sammlungen aufgenommen; manches wurde aktualisiert, anderes nur stilistisch verändert. Daß Graf in verschiedenen Verlagen publizierte und immer wieder Sammlungen neu komponierte, erschwert Datierungen und historische Zuordnungen.

Die Texte dieser Auswahl folgen den Erstfassungen der Erzählungen, was gelegentliche Vorabdrucke in Zeitschriften nicht ausschließt. Nur »Das sinnvollste Beispiel« erscheint in seiner letzten und ausführlichsten Version, die die Nähe zu *Das Leben meiner Mutter* verdeutlicht. Einige jenseits der Grenzen Bayerns vielleicht schwer verständliche Dialektausdrücke wurden, sofern nicht bereits der Erstdruck in Klammern das Hochdeutsche beigibt, in Fußnoten ›übersetzt‹. Offensichtliche Druckversehen wurden stillschweigend verbessert.

Mit drei Ausnahmen entstammen die hier wiedergegebenen Texte der Sammlung *Kalendergeschichten* (1929). Mit diesem Titel zitierte Graf eine alte Gattungstradition, obwohl seine Texte vorher nicht, wie z. B. die Johann Peter Hebels, in Kalendern erschienen waren. Die *Kalendergeschichten* sind Grafs umfangreichste und anspruchsvollste Sammlung geblieben; aus ihr schöpfte er für spätere Erzählbände (*Der große Bauernspiegel*, 1962, die bäuerlichen *Kalendergeschichten*, 1975, und die städtischen, dialektlosen *Jedermanns Geschichten*, 1988; die posthum erschienenen Bände wurden von Graf noch 1964, drei Jahre vor seinem Tod, konzipiert). Sie eignen sich folglich auch als Grundlage für Fassungsvergleiche, die Einblicke in Grafs Weg als Schriftsteller eröffnen.

Im einzelnen liegen den Texten folgende Druckvorlagen zugrunde:

Kalendergeschichten, Bd. 1: *Geschichten vom Land*, München/Berlin: Drei Masken Verlag, 1929: »Auffassung freibleibend«, »Der Schmalzerhans«, »Der Malzzucker«, »Joseph Leiberer seligen Angedenkens«, »Das alltägliche Wunder«, »Das unrechte Geld«.

Kalendergeschichten, Bd. 2: *Geschichten aus der Stadt*, München/Berlin: Drei Masken Verlag, 1929: »Nicht glauben macht unselig«, »Tick-tick-tick-tick«.

Bayerisches Lesebücherl. Weißblaue Kulturbilder, München: Gunther Langes Verlag, 1924: »Es stirbt wer . . .«.

Münchner Neueste Nachrichten, Beilage »Die Einkehr«, Nr. 2, 8. Januar 1933: »Mein Basl Marei selig . . .«.

An manchen Tagen. Reden, Gedanken, Zeitbetrachtungen, Frankfurt a. M.: Nest Verlag, 1961: »Das sinnvollste Beispiel«. [Die erste Fassung erschien 1940 im *Deutschen Freiheitskalender* in Paris.]

Literaturhinweise

Ausgaben

Gesammelte Werke in Einzelausgaben. München: Süddeutscher Verlag, 1975 ff.

Werkausgabe. Hrsg. von Wilfried F. Schoeller. Frankfurt a. M.: Büchergilde Gutenberg, 1982 ff.

Oskar Maria Graf in seinen Briefen. Hrsg. von Gerhard Bauer und Helmut F. Pfanner. München 1985.

Forschungsliteratur

Pfanner, Helmut F.: Oskar Maria Graf. Eine kritische Bibliographie. Bern 1976.

Bauer, Gerhard: Oskar Maria Graf. Gefangenschaft und Lebenslust. Eine Werk-Biographie. München 1987.

Bollenbeck, Georg: Oskar Maria Graf. Mit Selbstzeugnissen und Bilddokumenten. Reinbek 1985. (rowohlts monographien. Nr. 337.)

Häntzschel, Günter: Oskar Maria Graf. In: Deutsche Dichter. Leben und Werk deutschsprachiger Autoren. Hrsg. von Gunter E. Grimm und Frank Rainer Max. Bd. 7. Stuttgart 1989. (Universal-Bibliothek. Nr. 8617.) S. 419–425.

Johnson, Sheila: Oskar Maria Graf. Eine Renaissance. In: Exil. Forschung, Erkenntnisse, Ergebnisse 1 (1984) Nr. 2. S. 55–70.

Mersmann, Gerhard: Oskar Maria Graf. Rebellisches Exil, utopische Provinz. Frankfurt a. M. / Bern 1988.

Oskar Maria Graf. Beschreibung eines Volksschriftstellers. Hrsg. von Wolfgang Dietz und Helmut F. Pfanner. München 1974.

Oskar Maria Graf. Hrsg. von Heinz Ludwig Arnold. (Text + Kritik Sonderband.) München 1986.

Oskar Maria Graf. Jahrbuch der Oskar-Maria-Graf-Gesellschaft 1993. Hrsg. von Ulrich Dittmann und Hans Dollinger. München 1994.

Pfanner, Helmut F.: Die »Provinzliteratur« der zwanziger Jahre. In: Die deutsche Literatur in der Weimarer Republik. Hrsg. von Wolfgang Rothe. Stuttgart 1974. S. 237–254.

– Oskar Maria Graf. In: Deutschsprachige Exilliteratur seit 1933.

Bd. 2. Hrsg. von John M. Spalek und Joseph Strelka. Bern 1989. S. 276–293.

Recknagel, Rolf: Ein Bayer in Amerika. Oskar Maria Graf. Leben und Werk. 3., veränd. Aufl. Berlin 1984.

Schoeller, Wilfried F.: Spezialität: Ländliche Sachen. Notizen zum Heimatschriftsteller Oskar Maria Graf. In: Literaturmagazin 14: Die Literatur blüht im Tal. Reinbek 1981. S. 62–77.

Daten zu Leben und Werk

1894 Am 22. Juli in Berg am Starnberger See als neuntes von elf Kindern eines zugewanderten Bäckermeisters und einer einheimischen Bauerntochter geboren.

1906 Nach dem Tod des Vaters Arbeit in der von seinem tyrannischen Bruder Max übernommenen Bäckerei.

1911 Flucht nach München; Gelegenheitsarbeiten; Anschluß an Boheme- und Anarchistenkreise.

1914 Grafs erstes Gedicht erscheint in der »Aktion«; Einberufung zum Militär.

1916 Nach Befehlsverweigerung Einweisung in eine Nervenheilanstalt und Entlassung aus dem Militärdienst.

1918–19 Teilnahme an der bayrischen Räterepublik, nach deren Niederschlagung er kurzzeitig inhaftiert wird.

1920–23 Dramaturg am Arbeitertheater »Die neue Bühne«; zahlreiche Veröffentlichungen und literaturpolitische Aktivitäten; Bohemeleben.

1924 *Die Chronik von Flechting* (R.).

1927 Die Erzählungen *Das bayrische Dekameron* erscheinen; literarischer Durchbruch mit der Autobiographie *Wir sind Gefangene.*

1931 *Bolwieser. Roman eines Ehemannes.*

1933 Beginn des Exils in Wien; in der »Wiener Arbeiter Zeitung« erscheint, nachdem die Nationalsozialisten seine Werke bei der Bücherverbrennung am 10. Mai 1933 verschont hatten, sein Protest gegen die NS-Machthaber *Verbrennt mich!*.

1934 Flucht in die Tschechoslowakei; UdSSR-Reise.

1935 Der antifaschistische Roman *Der Abgrund* erscheint.

1938 Flucht in die USA; Präsident der »German American Writers' Association«. In New York Kontakt zu Brecht.

1940 *The Life of My Mother. A biographical novel*; die deutsche Originalfassung *Das Leben meiner Mutter* erschien erst 1946 in München.

1945 Pakethilfe für deutsche Freunde; Bedenken gegen eine Rückkehr nach Deutschland wegen restaurativer Tendenzen in Bayern und aus Furcht, als Staatenloser nicht wieder in die USA einreisen zu können.

1947 Der Roman *Unruhe um einen Friedfertigen* erscheint in New York und 1949 in der DDR.

1958 Amerikanischer Staatsbürger, nachdem man ihm zuliebe auf die zum Waffendienst verpflichtende Eidesformel verzichtet hatte; damit Möglichkeit zur Deutschlandreise, die 1960, 1964 und 1965 wiederholt wird.

1959 *Flucht ins Mittelmäßige* (R.).

1962 *Altmodische Gedichte eines Dutzendmenschen.* (anonym).

1966 *Gelächter von außen. Aus meinem Leben 1918–33.*

1967 Am 28. Juni stirbt Graf in New York.

Nachwort

Mit dieser Auswahl von Erzählungen Oskar Maria Grafs schließt sich ein Kreis: Ein intensiver Reclam-Leser erscheint selbst mit einem Band eigener Erzählungen bei Reclam. Oskar Grafs Bruder besaß »eine Unmenge Hefte der ›Reclam-Universalbibliothek‹«, und der brüderlichen Lektüreanregung verdankte der spätere Schriftsteller seine »gründliche Kenntnis der Literatur und die Fähigkeit, auch in schwierige geistige Probleme einzudringen.«[1]

Daß sich diese Fähigkeit auch in Grafs Werk spiegelt und es sich insgesamt um ein schriftstellerisches Œuvre von hohem Rang handelt, ist nur schleppend anerkannt worden. Das Pendeln zwischen »Zeitungsmist« und »ernsthaften Sachen«[2], wie Graf selbst seine Arbeiten nannte, mag ein Grund dafür sein.

Schwierigkeiten der Zuordnung und Identität setzten schon in Grafs früher Münchener Phase ein. Sein herkunftsbedingtes soziales Engagement und seine materialistische Grundeinstellung paßten nicht in die nach dem Ersten Weltkrieg an der Klassik orientierte Münchner Literatur-Szene, an die Graf mit seinem Dialekt gebunden war. Zudem wirkte die Vermarktung mancher seiner Texte auf die Leser anstößig: z. B. waren während der zwanziger Jahre den Packungen einer »Oskar-Maria-Graf-Zigarre« kurze Erzählungen als Kaufanreiz beigegeben.

Ebenso bezeichnend wie die Auswertung seiner Erzählungen als Werbeartikel ist die Episode, die ihm zu seinem heute bekannten Namen verhalf: Im vorletzten Jahr des Ersten Weltkriegs fürchtete ein Maler namens Oskar Graf, der sein Geld mit heroisierenden Schlachtengemälden verdiente, er könne mit dem gleichnamigen Verfasser kriegskri-

1 Oskar Maria Graf, »Der Quasterl«, in: O. M. G., *Jedermanns Geschichten*, München 1988, S. 97 und 99.

2 Oskar Maria Graf, *Gelächter von außen. Aus meinem Leben 1918–1933*, München 1980, S. 37 f.

tischer Glossen verwechselt werden und an Reputation und Aufträgen einbüßen. Er bot dem Schriftsteller 500 Reichsmark für dessen Namensänderung an. Nach intensiven Beratungen mit einem Freund nahm Graf daraufhin das esoterisch klingende »Maria« in seinen Namen auf. In seinem autobiographischen Rückblick *Gelächter von außen*, fast ein halbes Jahrhundert nach der Episode, bedauert Graf, auf das erste Angebot eingegangen zu sein, statt mehr Geld gefordert zu haben.[3]

Grafs Schreiben zielte nicht auf Dichterruhm im bildungsbürgerlichen Sinn; er gestand stets das finanzielle Interesse an der Schriftstellerei ein. Auch seine Selbststilisierung zum »Provinzschriftsteller« mit der »Spezialität – Ländliche Sachen«[4] richtete sich gegen Erwartungen, die Welt in der Literatur verklärt zu erleben; ebenso sollten seine Auftritte in der Lederhose den Zeitgeschmack und die gängige deutsche Vorstellung vom ›Dichter‹ herausfordern.

Ironischerweise wurde das aus Geldnot geschriebene, derbe und Graf später »zuwidere«[5] *Bayrische Dekameron* (1927) sein erster großer Erfolg. Das Publikum stellte sich mit dieser Reaktion kein gutes Zeugnis aus; die hellhörigen und künstlerisch sensibleren Zeitgenossen hatten schon vorher auf die Originalität und hohe Qualität seiner anderen Bücher hingewiesen. Thomas Mann charakterisierte in Korrespondenzberichten für eine amerikanische Zeitung Grafs *Wir sind Gefangene* (1927) mit Begriffen, die auch auf die Erzählungen des Autors aus den zwanziger Jahren zutreffen. An dem »Proletarier des Geistes« erkennt der von Graf stets hochgeachtete Thomas Mann ein »Leben, dem das Künstlerische und Dichterische als gepflegter Selbstzweck lächerlich und vorsintflutlich erscheinen muß«; er sieht

3 Ebd., S. 35.

4 Vgl. *Notizbuch des Provinzschriftstellers Oskar Maria Graf 1932. Erlebnisse, Intimitäten, Meinungen*, Basel/Leipzig/Wien 1932, S. 8.

5 An Heinrich Meyer, 28. Februar 1967, in: *Oskar Maria Graf in seinen Briefen*, hrsg. von Gerhard Bauer und Helmut F. Pfanner, München 1984, S. 349.

Oskar Maria Graf
Ölgemälde von Walter Schultz-Matan, 1927
Landesmuseum Oldenburg

»Kunst und Gewissen« vereint, und gegen die Provinzialismus-Vorwürfe stellt er die »von internationaler Literatur und internationalem Sozialismus« beeinflußte Urwüchsigkeit. Grafs »Volksbegriff« ist nach Thomas Mann »zu revolutionär«, um mit Ganghofer, Ruederer oder Thoma verglichen zu werden[6] – von den Blut- und Boden-Schriftstellern, unter die die Faschisten später Graf rechnen wollten, ganz zu schweigen.

Dem Urteil Thomas Manns, der Grafs Modernität betont, widerspricht Walter Benjamins Einschätzung des »neuen Epikers«: mit Überlegungen, die auch in seinen Lesskow- und Hebel-Essays anklingen, ordnet Benjamin Grafs Werk der epischen Prosa zu und stellt es so in eine Gegenposition zum modernen Roman. Von den klassischen Kalendergeschichten seien die Grafs durch das Fehlen expliziter Moral getrennt; sie seien wie »bittend vorgestreckte Hände«[7], in die der Leser den Sinn legen müsse. Damit ist allerdings ein Modernitätsaspekt in Grafs Werk benannt. Obwohl der Autor selbst explizit »das Wissen um den Menschen und das Wissen um den Hintergrund der Welt«[8] vermehren und programmatisch »Erkenntnisse für die Zukunft«[9] formulieren wollte, erfährt der Leser keine direkten Botschaften, Wertungen oder Grundsätze. Die Erkenntnisse sind den Handlungsabläufen eingeschrieben, die auf emotionale Grundreaktionen der Leser – auf Entrüstung, Scham, Befriedigung und Freude – und darauffolgende Reflexionen zielen.

6 Thomas Mann, »Verjüngende Bücher«, in: Th. M.: *Gesammelte Werke in 13 Bänden*, Bd. 10, Frankfurt a. M. 1974, S. 684.

7 Walter Benjamin, »Oskar Maria Graf als Erzähler«, in: W. B.: *Gesammelte Schriften*, Bd. 3: *Kritiken und Rezensionen*, hrsg. von Hella Tiedemann-Bartels, Frankfurt a. M. 1972, S. 309.

8 Oskar Maria Graf, »Antwort an einen und viele Genossen«, in: *Die Linkskurve* 2 (1930) Nr. 1, S. 17 f.; zit. nach: Georg Bollenbeck, »Die aufgestapelten Erinnerungen. Weltaneignung und epische Gestaltung bei Oskar Maria Graf«, in: *Oskar Maria Graf*, hrsg. von Heinz Ludwig Arnold, München 1986 (Text + Kritik Sonderband), S. 5–15; hier S. 10.

9 Oskar Maria Graf, *Der harte Handel. Ein bayerischer Bauernroman*, München 1978, S. 6.

Sein schriftstellerisches Programm kann man an zwei Geschichten ablesen: An der hier nicht abgedruckten »Ist's nicht immer so?« und der über Joseph Leiberer (s. o. S. 68 bis 82). Die erstere ist von der moralischen Grundfrage eingerahmt:

»›Das Leid macht die Menschen gut‹, haben wir in der Schule oft und oft gehört. Lehrer und Pfarrer verwendeten dieses Sprichwort bei jeder passenden Gelegenheit. Beispielsweise wenn in irgendeiner Familie ein unbegreifliches Unglück geschehen war, oder auch, wenn sie uns eine traurige Geschichte erzählten und keinen einleuchtenden Schluß dazu fanden. Das klang dann immer recht schön, aber ich muß sagen, daß wir nicht recht daran glaubten. [. . .] Unsere Erzieher logen ungewollt und heute noch denke ich an das, was mein Vater selig einmal sagte: ›An warma Schuizimma drinn' is' leicht gscheit daherredn [. . .] D' Schlechtigkeit regiert d' Welt, do konn koana wos dagegn macha.‹

›Ja, aba gell, Vata, guate Leit gibt's scho aa?‹ fragten wir ganz einfältig und weil wir ihn dabei fast hilflos anschauten, streichelte er uns und sagte milder: ›Jaja scho, Kinda [. . .] Ös waar ja a jeder gern guat, wenn d' Welt net so schlecht waar . . .‹

›Da Hans sogt: Wenn oana vui leidn muß, der werd gscheit‹, brümmelte ganz unvermittelt der Schmalzerhans aus seinem tiefen Nachdenken vom Ecktischerl herüber.«[10]

Das väterliche Diktum schließt auch die Erzählung ab, die selbst aber eine komplexere Sicht der Wirklichkeit enthält. Denn über der Resignation des Vaters, dem naiven Optimismus der Kinder und der aufklärerischen Hoffnung des Schmalzerhans steht die Erwartung des Autors, der Leser möge auf die Titelfrage mit einem »Nein« antworten, also mit dem Willen zur Änderung, mit der Bereitschaft, aus den Mitteilungen zu lernen. Die zweite Erzählung veranschaulicht geradezu Grafs poetologisches Programm. Man muß die drei Binnen-Geschichten, aus denen sich »Joseph Leibe-

10 Oskar Maria Graf, *Kalendergeschichten*, Bd. 1: *Geschichten vom Land*, München 1929, S. 303 f.

rer seligen Angedenkens« zusammensetzt, Schritt für Schritt nachvollziehen, um die verschiedenen Funktionen, die Erzählen erfüllt, in ihrer Abfolge und Steigerung kennenzulernen. Leiberers erste Geschichte stellt das beschauliche Bild einer Soldatenehe und das Pathos eines Heldentodes in Frage – Erzählen kann entlarven. In der zweiten gesteht Joseph Leiberer eine ihn bedrückende Schuld, die ihm seine Klischee-Vorstellung vom Bauern eintrug. Erzählen befreit von Belastungen, es erleichtert die Erinnerung, selbst wenn sich der Erzähler Vorwürfe einhandelt. Als Höhepunkt spiegelt die letzte der Leiberer-Geschichten schließlich die Situation der Erzählfigur ganz unmittelbar. Sie hilft dem Leiberer und seinen Zuhörern, mit der Todeserfahrung umzugehen. Humoristisch reagiert Leiberer auf die unausweichliche Wirklichkeit und schafft die Basis für ein unsentimentales Bestehen der Not. Erzählen erfüllt dort situationsgerecht eine Aufgabe, es mündet in Aktion; Ästhetik und Ethik treffen zusammen, wie Thomas Mann dies seinem jüngeren Kollegen bestätigt hatte.

Die vorliegende Auswahl entfaltet das Spektrum von Grafs Erzählkunst anhand dreier thematischer Schwerpunkte. Der erste steht unter dem Motto: »Mir ist – um mit Gorki zu reden – ›mein Sozialismus von Kind an auf den Rücken geprügelt worden‹.«[11] Grafs soziales Engagement beruht auf keinem Entschluß, keiner theoretischen Einsicht. Er hat kein Parteiprogramm, sondern vor aller Reflexion physische Erfahrung mitzuteilen, wenn er von der Not der Schwächeren erzählt. Nicht Innenwelten stehen im Zentrum, wenngleich eine der bewegendsten Geschichten dieser Auswahl – »Nicht glauben macht unselig« – psychologisch differenziert nachzeichnet, wie materielle Not die Mutterliebe aushöhlt und das Urvertrauen des Kindes zerstört. – Mit dem Motto dieser Gruppe ist der autobiographische Hintergrund der Stoffe Grafs verbunden: Die militärische Ordnungsgläubig-

11 Zit. nach: *Oskar Maria Graf. Beschreibung eines Volksschriftstellers*, hrsg. von Wolfgang Dietz und Helmut F. Pfanner, München 1974, S. 39.

keit seines ältesten Bruders, eines »wilhelminischen Saukopfs«[12], vertrieb Oskar und andere Geschwister aus dem elterlichen Haus. Die Erfahrungen vor dem Verlassen der ländlichen Heimat, die Isolation in München und das eigene Versinken in einem haltlosen Sich-Ausleben ließen ihn den »Glauben an das Menschliche im Menschen«[13] verlieren. Aus der Verzweiflung rettete ihn die Erkenntnis, das Zeug zum Schriftsteller zu besitzen, sowie die Einsicht in die Bedeutung der lebenserhaltenden »Basis-Beziehung von Mensch zu Mensch«[14]. Auf ihr ruht Grafs ›Sozialismus‹, der ihn an die »grundmenschliche Empörung gegen jeden Mißbrauch der Schwächeren durch die Stärkeren«[15] appellieren läßt. Von dieser Empörung sind die vielen Geschichten getragen, in denen er Opfer darstellt. Besonders eindrucksvoll zeigt dies der Schluß der Titel-Erzählung unserer Sammlung: Indem Graf hier die alte Doblerin jegliche Solidarität verwerfen läßt – »Um Gottswilln hilf ja koan!« (vgl. S. 23) –, deutet er das Ausmaß der Verzweiflung an; wo die »Basis-Beziehung« zerstört wird, erleidet letztlich die Gemeinschaft Schiffbruch. Der Titel der Erzählung darf wohl als Ironie gelesen werden – die Auffassung des Lesers dürfte angesichts so folgenschwerer Verkettungen kaum frei bleiben. – Wie die »Basis-Beziehung« dagegen gelingen kann und einem Schwächeren geholfen wird, zeigt die Erzählung »Der Schmalzerhans« (S. 38 ff.).

Über die zweite Gruppe stelle ich den Grafschen Satz »Wir werden geboren zum Sterben«[16]. Der Tod ist für Graf kein metaphysisches Thema, sondern ein kreatürlicher Vorgang, auf den die Figuren entsprechend ihrem Wirklichkeitsverhältnis reagieren. Joseph Leiberer und Sporer in »Tick–tick–tick–tick« bilden exemplarisch gegensätzliche Figuren.

12 Oskar Maria Graf, *Das Leben meiner Mutter*, München 1978, S. 351.
13 Zit. nach: Dietz/Pfanner (Anm. 11), S. 50.
14 Brief an einen jungen Menschen, 6. Juli 1919, in: *Oskar Maria Graf in seinen Briefen* (Anm. 5), S. 37.
15 Zit. nach: Dietz/Pfanner (Anm. 11), S. 34.
16 Ebd., S. 34.

Wenn das Ende einem jeden Leben das angemessene Siegel aufdrückt, dann hat der erstere gut gelebt. Als Arzt und Erzähler war er den Mitmenschen zugewandt, betroffen von ihren Nöten und humoristisch helfend: Schon im täglichen Aufstehen beantwortet sich für ihn die Frage nach dem Lebenssinn (vgl. S. 69), und den eigenen Tod versteht er als verbindendes Ereignis. Sporer dagegen erschüttern, weil er die Zeit und die um ihn sich ereignende Geschichte nicht wahrnehmen will, die körperlichen Anzeichen seines Älterwerdens und treiben ihn in den Selbstmord aus Todesangst, zu der ganz wesentlich seine Isolation beiträgt.

Die dritte Gruppe der Erzählungen widmet sich der Frage nach der Existenz von ›guten Menschen‹ (vgl. die Frage der Kinder oben S. 137). Obwohl Graf einmal eingestand, daß ihm »als Bub von 10 bis 12 Jahren so gründlich wie vielleicht keinem der Glaube an das Menschliche im Menschen herausgeprügelt worden«[17] sei, hatte er die größte Hochachtung vor allen, die sich Güte und Mitmenschlichkeit bewahrt hatten. Diesen hat er in seinem großen Buch *Das Leben meiner Mutter* (1940 in den USA, 1946 in Deutschland veröffentlicht) ein Denkmal gesetzt. Um die Mutter, hier als »Das sinnvollste Beispiel« gegenwärtig, gruppieren sich andere Figuren, die dem durchschnittlichen Verhalten der Menschen unerklärlich fern stehen. Mit Blick auf Grafs Gesamtwerk sind die ›guten Leute‹ in dieser Auswahl bewußt überrepräsentiert – denn sie zeigen in besonderem Maße die Ausnahmestellung dieses Autors innerhalb der modernen Literatur, die sich vor allem negativen ›Helden‹ zuwendet und dafür auch genug Beispiele findet. Ein spätes Gedicht von Gottfried Benn stellt die Frage, die Grafs Texte beantworten: »Ich habe mich oft gefragt und keine Antwort gefunden, / woher das Sanfte und das Gute kommt, / weiß es auch heute nicht und muß nun gehn.«[18] Während der Dichter Benn – er darf in Ausdrucksform, Weltsicht und Selbstverständnis als Anti-

17 Ebd., S. 50.
18 Gottfried Benn, »Menschen getroffen«, in: G. B., *Gesammelte Gedichte*, Wiesbaden 1956, S. 337.

pode Grafs bezeichnet werden – resignativ zurücktritt, hebt Graf trotz aller Gegenbeispiele, die er nicht verschweigt, die »guten Leute« als Garanten gelingender Basisbeziehungen von Mensch zu Mensch hervor.

Ich widme Nachwort und Auswahl Frau Annemarie Koch-Graf, der Tochter des Autors, die diese Geschichten am besten vorliest.
Ich danke allen Graf-ologen, die mit mir die Auswahl diskutierten.

U. D.

Deutschsprachige Literatur der Gegenwart

IN RECLAMS UNIVERSAL-BIBLIOTHEK

Eine Auswahl

Aichinger, Ilse: *Dialoge. Erzählungen. Gedichte.* 110 S. UB 7939

Andersch, Alfred: *Fahrerflucht. Ein Liebhaber des Halbschattens.* 95 S. UB 9892

Andres, Stefan: *Die Vermummten.* 135 S. UB 7703

Artmann, H. C.: *»wer dichten kann ist dichtersmann«.* 101 S. UB 8264

Bachmann, Ingeborg: *Undine geht. Das Gebell. Ein Wildermuth.* 76 S. UB 8008

Bender, Hans: *Das wiegende Haus.* 71 S. UB 8494 – *Die Wölfe kommen zurück.* 70 S. UB 9430

Benn, Gottfried: *Gedichte.* 188 S. UB 8480

Berlin! Berlin! Eine Großstadt im Gedicht. 264 S. UB 8400

Bernhard, Thomas: *An der Baumgrenze.* 54 S. UB 8334 - *Der Wetterfleck.* 77 S. UB 9818

Bichsel, Peter: *Stockwerke.* 79 S. UB 9719

Bobrowski, Johannes: *Lipmanns Leib.* 80 S. UB 9447

Böll, Heinrich: *Der Mann mit den Messern.* 79 S. UB 8287

Brandstetter, Alois: *Landessäure.* 93 S. UB 8335

Burger, Hermann: *Der Puck.* 92 S. UB 8580

Canetti, Elias: *Komödie der Eitelkeit.* 139 S. UB 7678

Deutsche Gedichte der sechziger Jahre. 294 S. UB 8211

Deutsche Gedichte 1930-1960. 463 S. UB 7914

Deutsche Literatur. Jahresüberblick. *1981.* 260 S. UB 7760 – *1982.* 272 S. UB 7915 – *1983.* 253 S. UB 8212 – *1984.* 272 S. UB 8045 – *1985.* 320 S. UB 8282 – *1986.* 352 S. UB 8403 – *1987.* 344 S. UB 8404 – *1988.* 284 S. UB 8405 – *1989.* 327 S. UB 8406 – *1990.* 322 S. UB 8407 – *1991.* 309 S. UB 8408 – *1992.* 341 S. UB 8409

Doderer, Heimito v.: *Das letzte Abenteuer.* 107 S. UB 7806

Domin, Hilde: *Abel steh auf.* 96 S. UB 9955

Dorst, Tankred: *Große Schmährede an der Stadtmauer.* 54 S. UB 7672

Eich, Günter: *Fabula rasa.* 64 S. UB 8284 – *Die Mädchen aus Viterbo.* 72 S. UB 8688

Enzensberger, Hans Magnus: *Dreiunddreißig Gedichte.* 75 S. UB 7674

Erzählte Zeit. 50 deutsche Kurzgesch. d. Gegenwart. 517 S. UB 9996
Flake, Otto: *Der Handelsherr.* 151 S. UB 7980
Frisch, Max: *Rip van Winkle.* 62 S. UB 8306
Frischmuth, Barbara: *Unzeit.* 78 S. UB 8295
Gernhardt, Robert: *Reim und Zeit.* 80 S. UB 8652
Goes, Albrecht: *Unruhige Nacht.* 79 S. UB 8458
Gomringer, Eugen: *konstellationen, ideogramme, stundenbuch.* 156 S. UB 9841
Grass, Günter: *Die bösen Köche.* 96 S. UB 9883 – *Gedichte.* 88 S. UB 8060
Grün, Max von der: *Waldläufer und Brückensteher.* 75 S. UB 8426
Härtling, Peter: *Der wiederholte Unfall.* 77 S. UB 9991
Helwig, Werner: *Raubfischer in Hellas.* 192 S. UB 8684 – *Im Dickicht des Pelion.* 237 S. UB 8705 – *Reise ohne Heimkehr.* 375 S. UB 8706
Hildesheimer, Wolfgang: *Begegnung im Balkanexpreß. An den Ufern der Plotinitza.* 71 S. UB 8529 – *Der Ruf in der Wüste.* 75 S. UB 8720
Hochhuth, Rolf: *Die Berliner Antigone.* Erzählungen und Gedichte. 86 S. UB 8346
Hochwälder, Fritz: *Das heilige Experiment.* 79 S. UB 8100 – *Der öffentliche Ankläger.* 88 S. UB 9775
Hoerschelmann, Fred von: *Das Schiff Esperanza.* 70 S. UB 8762 – *Die verschlossene Tür.* 63 S. UB 8367
Jandl, Ernst: *Laut und Luise.* 160 S. UB 9823 – *Sprechblasen.* 96 S. UB 9940
Jünger, Ernst: *Capriccios.* 72 S. UB 7796
Kasack, Hermann: *Der Webstuhl. Das Birkenwäldchen.* 69 S. UB 8052
Kaschnitz, Marie Luise: *Caterina Cornaro. Die Reise des Herrn Admet.* 71 S. UB 8731 – *Der Tulpenmann.* 87 S. UB 9824
Kempowski, Walter: *Fünf Kapitel für sich.* 103 S. UB 7983
Kiwus, Karin: *39 Gedichte.* 71 S. UB 7722
Klose, Werner: *Reifeprüfung.* 60 S. UB 8442
Koeppen, Wolfgang: *New York.* 69 S. UB 8602
Konkrete Poesie. 176 S. UB 9350
Kreuder, Ernst: *Phantom der Angst.* 80 S. UB 8428
Krolow, Karl: *Gedichte und poetologische Texte.* 67 S. UB 8074
Krüger, Michael: *Welt unter Glas.* 80 S. UB 8310
Kunze, Reiner: *Selbstgespräch für andere.* 103 S. UB 8543
Kunert, Günter: *Gedichte.* 79 S. UB 8380 – *Der Hai.* 87 S. UB 9716
Langgässer, Elisabeth: *Saisonbeginn.* 80 S. UB 7723
Lenz, Siegfried: *Das schönste Fest der Welt. Haussuchung.* 86 S. UB 8585 – *Stimmungen der See.* 79 S. UB 8662

Lettau, Reinhard: *Herr Strich schreitet zum Äußersten.* 160 S. UB 7873
Lyrik für Leser. Deutsche Gedichte der siebziger Jahre. 159 S. UB 9976
Marti, Kurt: *Wen meinte der Mann?* 120 S. UB 8636
Mayröcker, Friederike: *Das Anheben der Arme bei Feuersglut.* Gedichte und Prosa. 79 S. UB 8236
Meier, Gerhard: *Signale und Windstöße.* 74 S. UB 8552
Moderne deutsche Naturlyrik. 336 S. 6 Abb. UB 9969
Müller, Heiner: *Revolutionsstücke.* 147 S. UB 8470
Muschg, Adolf: *Besuch in der Schweiz.* 88 S. UB 9876
Nichts ist versprochen. Liebesgedichte der Gegenwart. 254 S. UB 8559
Reportagen. 180 S. UB 9837
Rinser, Luise: *Jan Lobel aus Warschau.* 77 S. UB 8897
Rosei, Peter: *Franz und ich.* 79 S. UB 8099
Rühmkorf, Peter: *Selbstredend und selbstreimend.* 131 S. UB 8390
Schaper, Edzard: *Der große, offenbare Tag.* 59 S. UB 8018
Schmidt, Arno: *Windmühlen.* 78 S. UB 8600
Schnurre, Wolfdietrich: *Ein Fall für Herrn Schmidt.* 78 S. UB 8677
Schutting, J.: *Findhunde.* 85 S. UB 8517
Seghers, Anna: *Fünf Erzählungen.* 159 S. UB 9805
Späth, Gerold: *Commedia.* 79 S. UB 8245
Strauß, Botho: *Trilogie des Wiedersehens.* 135 S. UB 9908 – *Über Liebe.* 151 S. UB 8621
Vesper, Guntram: *Landeinwärts.* 92 S. UB 8037
Vier Kurzhörspiele. 63 S. UB 9834
Walser, Martin: *Versuch, ein Gefühl zu verstehen, und andere Versuche.* 131 S. UB 7824 – *Die Zimmerschlacht.* 68 S. UB 7677
Weyrauch, Wolfgang: *Das grüne Zelt. Die japanischen Fischer.* 69 S. UB 8256
Wickert, Erich: *Der Klassenaufsatz. Alkestis.* 71 S. UB 8443
Wohmann, Gabriele: *Treibjagd.* 88 S. UB 7912
Wolf, Christa: *Neue Lebensansichten eines Katers. Juninachmittag.* 69 S. UB 7686
Zuckmayer, Carl: *Austreibung 1934-1939.* 133 S. UB 7969

Philipp Reclam jun. Stuttgart